离散 空书

曲忌 著

Editorial Comte Barcelona
巴塞罗那伯爵出版社

First edition
First printing November 2020
Published by Comte Barcelona
ISBN:978-84-122086-8-9
Visit https://comtebarcelona.com

书名：离散空书
著者：曲忌
版次：2020年11月第1版
封面设计：朱士杰
编辑排版：张秦峰
出版发行：巴塞罗那伯爵出版社
ISBN: 978-84-122086-8-9
详情可访问网站：https://comtebarcelona.com

目录

第一章

沙土随长风积淀，火焰逐流水燃烧。

黄昏是一幅挂在窗外摇摇欲坠的画，经不起人们推开窗户去凝视它。可人们无可奈何。观赏毁灭已经成为这个群体唯一认可的观赏性行为。目光是一种热源，它推升温度，引燃被注视的事件。黄昏在这样具有宗教意味的场景下如同一个先知的末日，它倾斜呈 45°角，掩护着向西而行的黄矮星的逃亡。倾斜加剧黄昏流泄出自己的合成质，它在结构性离散数论的规则下溶解，高唱着一幅地图的崩碎。人们看得出黄昏是一幅地图，并且时常不厌其烦地在这幅地图上寻找并标注行将熄灭的衰日、沉静透明的月轮、吟游浮浪的暮云的位置。迟暮的画坠下来了，大流士三世败于亚历山大之手，波斯帝国覆灭了，消失的边境线上缺席了弹拨尔和通巴克鼓的靡音。破碎的黄昏散成暮色，蕴含着所有历史进程中被人类注视着的衰亡和毁灭。黄昏的碎片里跳动着英国绘图员弗朗西斯·格思里。弗朗西斯在暮色中为黄昏着色，他只有四种颜色的油性笔。被他涂色的每一块与相邻碎片交界的黄昏，都是四种颜色之中不同的那一种。四色黄昏的破碎史始于 1852 年，证于 1976 年。1852 年之前的黄昏也是破碎的，只是那时的人们在四色之外的光谱里犹如什么都看不见的盲人。

崩碎总是绚烂的，如果人们可以手执改锥，拧紧或者放松时间的螺栓。《宋史》里司马光砸缸的美学意义被忽略了，《史记》里秦昭王阻止蔺相如砸毁和氏璧理应受到耻笑。谁不期待一场旷日持久的崩碎呢。司马光手起石落，水缸瓦解的瞬间，《宋史》的编纂者脱脱和阿鲁图便掐断了光阴，在元至正三年的黄昏里，窥探着由北宋缓缓蔓延三百多年而来的这一幕陶土和水体杂融的破碎。蔺相如手举和氏璧，准备玉石俱焚的那一个刹那，《史记》编著者司马迁那早已受了腐刑而常年委顿的身体在西汉征和元年的暮色里居然又重新激烈地颤抖起来。和氏璧最终没有玉碎，司马迁在两百年后的期待落空中憾然而逝。谁不期待一场旷日持久的崩碎呢。萨姆·佩金帕执导的《日落黄沙》里子弹钻入人体的慢镜是金属引导的肌理崩碎；扎克·施奈德执导的《斯巴达三百勇士》里列奥尼达血洗波斯人的慢镜是冷兵器演奏的血肉的崩碎；布莱恩·辛格执导的《非常嫌疑犯》里库科探员手中咖啡杯坠地粉碎的慢镜是水落石出后陡然发觉万物仍在水中的真相的崩碎。谁不期待一场旷日持久的崩碎呢。如果脱脱和阿图鲁可以阐释并复刻这样的美学，他们一定会将"缸碎"的场景以需要漫长的时光才可以分解意义和本质的符号雕琢而成；如果司马迁可以将浩如烟海的经卷竹简掷向从前，他也一定会把蔺相如手中的和氏璧砸得粉碎如深夜空中一枚塌陷已久的星宿。人们自出生以来便不怠于不惮于不拘于观赏毁灭。南美安第斯山脉中段、秘鲁的科罗普纳山东侧的米斯米雪峰之颠冰雪的毁灭锻造了这种美学；发源于落基山脉的科罗拉多河在镌劈了十九个峡谷的凯巴布高原上奠定了这样的旨趣。藤属攀缘植物下沿的玻璃窗在受热不均的阴暗处碎裂开，被摄影机描摹转印，旋转于放映轮盘上胶片的慢速投影绽放出一朵琉璃空花的生命力。

在这样的黄昏里做不了什么事情，除非人们希望被皲裂的气氛裹挟着一同进入落日与图腾的泥醉。我选择躺在屋顶阁楼的悬窗下阅读汪士慎的生平，悬窗正对着燃烧中坠下的火焰，阁楼里充满了这行将暗哑的带有悲戚意味的陷落之光，使得手中的书本也有了被救赎的重量。阁楼里没有灯，窗外的先知也要在黑暗降临前一窥纸卷才能在双眼不能视物的环境里辨认出汪士慎《墨梅图》中枯笔与浓墨的和弦。阁楼、流光、先知、墨梅，事物的勾连里有一种结构化符号被瓦解的解构主义精神，而解构的过程在不知不觉中亦成为了结构中一个理所当然的环节。列维·斯特劳斯说"科学家是借助结构创造事件的人"、"修补匠是借助事件创造结构的人"，他只看到了事件与事物被主观强制冠以的形式上分门别类的结构，却忽略了在主观能动的阴云下前结构搭建期里对自然时序事件的动机割裂。我试图将一套房屋视作一个数学符号，那么位于房屋结构中右上方的阁楼便类似于一个数字右上角的平方符号"2"。"2"是如此精巧，可以容纳一扇悬窗和一个血肉之躯的我。建筑结构的空间物理视觉认定致使结构中的一个部分被导向了另一个天方夜谭般的、纯抽象数理结构中的一个元素。流光本是崩碎黄昏的散落质，进入阁楼空间后亦被主观扯拽着纳入了心血来潮的函数架构。先知是强势而主导的运算符，而汪士慎的墨梅决定的是函数在坐标系里的线性宿命与倾角斜度。这个主观结构的形成建立在——我解构了阁楼与房屋主体的物理关系、拆分了流光与日暮的因果、撕裂了圣父圣子圣灵三位一体的三一神论、截断了汪士慎画笔下墨梅、白梅、粉梅、绿梅各色圆转意象——这上述三者的基础上，从而预兆着结构建立的前提是瓦解、解构特定且已先一步存在的逻辑架构。

我在愈衰竭愈绚烂的流光中执起笔，把阁楼、流光、先知、墨梅组成的结构写在了书页上《碧桃图》的右侧。结构是线性函数，短小而不失精美，是屠格涅夫《猎人笔记》里猎人叶尔摩莱手里的短铳猎枪。我写完之后又检查了一遍，怀着与每一位钢琴调音师一丝不苟转动弦轴时相同的侘寂，将符头字尾重新勾勒补缺了几笔。在解构与重构的意识中循环往返的事件函数跃然纸上，横卧在纵向长画幅的《碧桃图》右边，形成了汪士慎及后期收藏汪大部分画作的纽约大都会艺术博物馆都没有料到的写意春风与解析几何的合辙美学。妈妈的脚步声近了，我预测到她将在十秒钟后推开阁楼紧闭的房门，进来侵占我早已宣示过主权的领地、清光我播撒在阁楼地板上种植的毛发和皮屑的种子、掠夺留有我体温和气味的广袤却狭小的床铺，妈妈的入侵是一场我无法取胜的战役，于是我迫不及待地小声念出了函数的样貌：

$$F(x)=x^2+C$$

多么美妙而应景的函数！我在形如先知之眼的悬窗下颇有些得意。"C"代表光，"$+$"是先知的臂膀，既表示流光进入了阁楼，又在方程式中象征了其具有决定性的身份。"x"右上标的"2"作为二层小阁楼的标识出现在整个场景里不得不说是一个诗意的破折。而"x"，则是我精神感知之实体、是《易经》里一撇一捺交汇譬喻的阴阳、是上古时期部族结绳记事的束结、是《时间简史》里交错而又分开的并行不悖的时空线索。然而所有这一切，都纳于 $F(x)$ 这一庞大的统治结构之中。*Family*（*F*）体系下我的感知、道论的阴阳、与轩辕、伏羲一样古老的绳结、量子力学多维宇宙里统御的平行时空观及弦理论，皆必须必然必定在斜率为 1、斜度为 C 的墨梅线状的图形里成立。不过令人畏惧的是，*Family* 体系里的王者，却正是妈妈。

妈妈的脚步声已经来到了阁楼的门前，她的手很可能已经搭上了房门外侧横向"T"型的门把手。我甚至已经可以感觉到反射着落日余光的门把手在我感觉到的那个时点与之后趋近于 0 的时间间隔后的时点之间开始转动。微积分（*Caculus*）是时间与进程之间的裁判、是近似与实指之间的赦免。我知道妈妈无法在某一个确定的时间锥点上
4

转动任何门把手，因为在任何一个时点妈妈都是静止不动的，速度和进程只能依存于时间的流逝、每一个时间的锥点在我们看不见的地方排着队按照被重力压弯的时空曲面倾斜的方向一个接一个地消失在过去和已发生的事件里。我们甚至来不及追悼它们，这种密集而永不停歇的毁灭——如果我被允许也将其视为一种毁灭——从来都没有为我们留下可以追悼它们的时间和标的。所以我感谢牛顿和莱布尼兹发现了"流数术"和"无穷小算法"，感谢他们曾经发明了这样一种思维方式和切分技巧可以将我们本以为无可捉摸的、精确到每一个过去现在未来时间锥点的形象以如此模糊而超验的手段予以刻画。这几乎是在"无限数学"领域里讲述了一则禅宗公案。释迦牟尼在灵山手拈金波罗花示众，唯有摩诃迦叶相视微笑。禅宗在语言学上对于"无限近似"的深刻体悟与莱布尼兹在数学架构中"无限逼近"的恍然顿悟无限近似了。与牛顿和莱布尼兹相比，无论是韦斯·安德森在《布达佩斯大饭店》里把每一个镜头都精确地分成对称的等比例画面、还是约翰·塞巴斯蒂安·巴赫将一个八度的音程美妙地平均分成十二个半音，仿佛都显得无足轻重。神佑牛顿和莱布尼兹。恐怕也只有神知道他们二位是不是也因为有一个时时刻刻入侵他们的领地、占领他们的巢穴、倾覆他们的财产、令他们畏惧的妈妈从而迫使他们不得不钻进无穷切分的时空之中寻找藏身之所。于我而言，先将妈妈推开房门这一事件进程按照韦斯·安德森式的视角等比例二分，我便可以躲进另一半尚未进行的部分中一窥动向；待山穷水尽、我不得不从这一个切半的部分里继续逃亡的时候，我再根据巴赫十二平均律的规则，将尚可以容身的进程细密地分割成十二个板块，我仓促并慌乱地跨入一个接一个短暂得如同化学元素钋（Po）的十个半衰期长短的藏身处，直至每一个板块都被时间之力消耗殆尽。门打开了，我即将见到妈妈，妈妈也即将发现我，在无限逼近于 0 的 Δt 里，我发现自己无法进入每一个时间锥点，它们太小了，小到无限逼近于不存在，我无法在其间藏匿自己的行踪，甚至连可以搁下自己双脚的地方都没有。

　　妈妈的目光总能在纷繁杂乱的场景中第一时间落在我的身上，这是一直以来令我啧啧称奇的事情。哪怕我身后的墙壁上正上演着大象和斑马领衔的马戏、头顶天花板中央流过震耳欲聋的亚马逊湍流、脚底踩着两只从西伯利亚越过森林边界进入大兴安岭的吊额黑纹花斑雄虎、周围簇拥着闪族人苏美尔人古阿拉伯人古波斯人古埃及人古希腊人古罗马人古印度人华夏人党项人匈奴人维吾尔人、即便这些人头上身上脚上都穿戴着大卫王阿卢利姆居鲁士大帝穆罕穆德亚历山大图坦卡蒙阿育王轩辕黄帝元昊阿提拉封赏给他们的镶满宝石和珠玉的头饰与衣靴、即便大象和斑马都跳到我头上倒立绕圈怪叫叠罗汉、即便我脚下踩着的两只西伯利亚雄虎将我带入亚马逊河那湍急而危机四伏的水流之中、即便我自己都完全搞不清我究竟是在历史长河的人群之间还是在印度象的屁股下面斑马的脖子后面西伯利亚虎的肚子里面南美雨林流域的深水之底，妈妈都能在第一时间把她的目光落在我的身上。我不得不由衷地仰慕妈妈，天佑妈妈。在妈妈看见我的那一个瞬间，我发现阁楼左手边斜顶墙面上一直在随着落日的游移不断改变形状的光线投影消失了。先知收回了目光，隐遁到妈妈看不见它的地方去了。悬窗不再是它的眼睛，想来先知也有妈妈，它一定也感受过圣母玛利亚的目光。阁楼里黯淡下来，继之前这窄小的空间里充斥着流光烟尘圣灵仙乐之后，屋顶斜坡构成的不规则六边形小阁楼被妈妈的阴影完全覆盖。汪士慎的《碧桃图》没入了一片昏暗，其右侧的线性函数亦未能幸免。我察觉到这阴影如燎原的幽火在死寂蔓延的形同基地的气氛里驱逐着窗外暮色挑拨起的超越自然的自由妄想，它是一场极寒之地的极寒之气在极寒的心绪和感知里迸发的极寒之雪，它掩埋了阁楼里的陆地与河床。雪落下之后就开始燃烧，烧尽了自由的非物质土地上的所有生命、融化了丛林、河流、海洋里所有的精灵。雪花在燃烧中崩碎、毁灭，妈妈夺得了这片区域的统治权，她在昭告她冰冷的幽暗美学，并准备开始巡视她的疆土。

妈妈凝视我的眼神是怜悯而蔑视的，似我这样如此轻易便放弃了领土和疆界所有权的前统治者不会得到任何人的尊重。她不知她的怜悯于我来说是断肠的毒药，却认为那是她慈悲的美德；她更不知她的蔑视是唯一可以让我每次被她征服之后不至于抱头鼠窜的利器，那种侮辱带来的人格反抗是有效唤醒我尊严的战鼓。我依旧躺在悬窗下简易床铺的昏暗里，手里依然捧着那本有关汪士慎生平的书籍。面对无可抵御的暴力，我总是采取沉默的不欢迎不参与不合作行为以彰显我的勇气。

妈妈站在门口并没有进一步的动作，只是很有针对性地问了我一句："侬窥窥几点了？"

她这个问题是一根针，扎得我在床上很不自在。我在不安的蠕动中瞥见了站在门口的妈妈。她右手拿着一根拖把，左手提着水桶，拖把棍子斜60°角立在她身前，我仿佛看见一尊希腊神话时代的女武神手执雷电权杖要来收割我的灵魂。60°的斜角攻击可以屠戮神话时代温纯的未开化人，对我这样已经从欧几里得的《几何原本》里获取了古老的公式定理和图形想象力的人来说却起不到太大的作用。我利用咕溜溜滚动的圆形逃遁，借助敦实厚重大如门板的长方形防御，躲进迂回萦绕酷似蜂巢的六边形结构群得以喘息，抛出直线线段、圆锥体、正方体、梯形、圆柱体充作标枪、暗器、钝物来进行反击。抛出它们的抛物线被我牢牢地攥在手里，用以回收投掷出去的图形。条件允许的话，我甚至可以在妈妈的脚下画出一条无限延伸的辅助线，将妈妈从悬窗导引出去，让她手执拖把和水桶沿着直线的脉络走向已经坠落的黄昏，让她在圣三位一体的圣父圣子圣灵都无计可施的六目睽睽之下，将破碎的日暮图景毁灭于拖把和水桶之下。然而我的想法被先知扼杀在摇篮中，它明显意识到假如放任妈妈在我策划的这条无限延伸的辅助线上无止尽地走下去的话，神国被妈妈征服也只是一个时间问题而已。

我知道妈妈要用拖把来收割我播种在阁楼地板上的毛发和皮屑了，所以我并没有回答妈妈针尖一样的问题，尽管我也找不到可以与之相对的麦芒。我只是在床上做了一个近似于半圆柱型的翻身，站立起来之后快速地以波浪形态挤入妈妈与门框之间形成的三角形的缝隙并无碰撞通过。我要从阁楼下去，我要开始我日落后菱形结构的散步去。

第二章

　　我住的小楼是二十世纪五十年代的产物，那时刚刚建国不久，大部分的居民仍以平房居住为主，所以红砖小楼的落成在当时还是一个似乎可以略微吹捧的事情。我爷爷的父亲随孙传芳的部队南下，举家八口人便住进了这栋红砖小楼二层靠近楼梯的一间大屋。小楼是长条形通道结构，每层差不多有十间屋，住满了当时颇有些身份地位关系的人家。我在这幢楼里出生，自小便目睹了楼里各家老人们的死亡。他们的死是有气味的、光滑的、超脱形式的灵魂出逃。儿时的我往往不明就里地站在即将死去的老人们的床前，听着他们的呼吸声一点一点融入墙壁、横梁、床架、桌椅，直至在屋里每一样物件的表面平顺地展开、贴合、渗入，直至呼吸变为呼，再由呼转入寂灭。现在回想起来，他们在停止呼吸的那一个无限逼近寂灭的时间隔断里，想必是有了一种超越感官的感知，分散的五感重新聚合起来，形成了一个在无穷分割的短暂的永恒里全知全能的奇点感受，就如回到母体。分娩之前的子宫中，我们不知自己存在，但我们已有了一切存在的动机，黑格尔口中的"*Sein*"，有与存在。老人们在出生前成为 0，0 是虚无的符号，但 0 孕育了整个数列的动机：老人们死后又成为了 0，回归虚无和空漠，而这次的 0 所蕴含的意味，衍射出了整个宗教学的基础以及人类历史里所有对鬼怪魂灵的戏说与美谈。

时隔这么多年，重新审视这栋红砖小楼二层上的长条形走廊，让我确定了它一直以来都是死去人们离开后的通道这一事实。我闭上眼睛站在这条通道里，就可以回忆起当年他们死去时的气味。那是一种怎样的味道。玫瑰嫁接在海浪的波纹里，撞击嵌有忍冬和肉桂的叠层岩所散发出来的味道，我尽量用语言去描述它的性状，尽管语言往往在描述方面常常表现出惊人的无力。楼道两边的墙壁和地面都被腐蚀了，六十多年来这楼道里死去了太多的老人，潮水的气味太多次地冲刷过这里，整个小楼都衰老了。我预感到红砖小楼的寿命也走入了尽头，深夜里已经可以在漆黑无人的楼道里听见死去老人的叹息声和脚步声。曾经吸附过他们生命里最后气息的墙壁和屋顶朽朽老矣，再不能攫住亡者的遗物，只得任由它们在寂静无声的夜晚洒落在空空荡荡唯有月光的楼道之中。我时常在酒精侵扰神经难以入睡的夜晚，蹲坐在屋外走廊的木地板上静静地聆听当年的声音。唯有在这样的环境、幻境里，我方能恍若重回儿时。儿时的我天赋异禀才华横溢，如今的我却形容枯槁。我花费了三十年的时间打磨、切割、焚烧、填埋儿时异于常人的特质，只为了能在茫茫众人之中与别人一样并因此心安理得。我不再能听见人们死去时的声音，也不再能体会到死亡经过时手掌碰触到的顺滑质感。我成年后鼻窦增生，再也分辨不出玫瑰、海浪、忍冬、肉桂、叠层岩这样的气味组合。我的五感在经年累月的自我抑制之后钝化了，成功达到了一个庸碌木讷的普通人的标准。朋友们为我庆贺，家人们如释重负，他们不懂得在俗常的事物表象之后，还有着形而上的肌理内核。他们往往忌讳、恐惧死亡。有人甚至在我面前倾诉过他想到自己终有一死之时的窒息感。我应该如何让他理解并欣赏死亡呢？唯有在这样的夜里，我蹲坐在深夜无人只有月光的走廊上的夜里，像老聃趺坐在清泉边的岩石上吟咏"道生一、一生二、二生三、三生万物"的玄音一般虔诚的夜里，我才能进入到"自适"而"适他"的微妙的空明中去。我多么希望从走廊另一头的黑暗中出现呼吸声与脚步声的实体，这实体也许未必是人形，也许未必是想象中任意一种形态，但我希望它们存在，并可以缓缓地以一种老人的步调走过来，以一种理解和通晓的姿态触摸我，使得我在孤零零的月光下不至于太过落寞。

我顺着弯折的楼梯走出小楼的门洞，在并不昏暗的傍晚绕过它的外延，往它与它东侧的一排老旧平房之间的细窄小道走去。今时不同往日，小楼里住的不再是当年那些需要攀权附贵才能住进来的人家，这里已经被废弃和遗忘了。它深深地隐藏在并不宽敞的单行车道边缘、已作沿街商铺用途的古旧楼栋之后，与车道衔接的小道狭细得只能容纳一辆小车的宽度。路经此处如果不能及时发现在临街的唯一一家面馆西首紧挨着一条过目即忘的巷弄，那便永远也无法发现内里深藏的红砖黑瓦的小楼了。偶尔会有喜爱老街巷的学生带着单反相机走进巷弄，拍破旧老屋外的白粉墙和瓦片下雀鸟的巢穴。他们穿着 *FILA* 的外套和裤子，踩着 *LOWA* 的徒步靴，举着 *CANNON* 或者 *NIKKON* 的相机，在疲倦得恍如一座漂流至今的孤岛般的小楼前跃跃欲试。他们太新了，新得像是对这整片老旧巷弄的一个嘲讽。寻访古早的旧物对他们来说只是没有危险的猎奇，他们带着浅薄的求知欲、廉价的怜悯、置身事外的热情，走进这条隐藏得如同在中世纪的卷轴上早已被划掉的德鲁伊咒语般的小巷，以为可以用代表新世界影像力量的镜头对即将面临毁灭的历史痕迹予以拯救。无知的责任感和荒谬的知性主导了这场滑稽的拜访，我时常在傍晚的暮色中看见这些流萤一样的"见证者"，看见他们犹如穿着宇航服的航天机师一样在没有重力的空间里做着太空漫步。一切对他们来说都是陌生而刺激的，他们寻求视觉、鼻粘膜和耳鼓上的刺激，他们并不真正想沉入这片区域，驱使自己的感知去触摸经历了岁月的建筑和气氛，而只是迫不及待地举起相机，将自身隐藏在镜头之后，纵容光学与敏感元器件冷漠复制实体的虚影。他们不擅长运用自己的眼睛去观察，不情愿运用自己的肢体去碰触，不懂得借助自己的耳膜去倾听。他们反倒乐于去凝视虚假的图像，认为图像即为现实，屏幕下上亿个像素点构成的视觉影像取代了他们认知中真实的所指，而活生生屹立于他们身旁、泛着斑驳的颜色、显现出一幅摇摇欲倒的自毁景象的老屋建筑群，在他们眼中却只是作为影像的翻版而存在的媒介。

我转过小楼的侧面，拐进了细窄小道，朝着车道的反方向走去。在隐蔽之地住久了的人，不喜欢进入慌张忙乱的聚集之处。我甚至隐隐觉得自己还并未离开那个阁楼，我还躺在悬窗下的床铺上吃力地摸索着昏暗中汪士慎的生平。近来这样的幻觉出现得愈发频繁，我意识到自己在这栋自我毁灭的小楼里度过了太长的时间，命不久矣的红砖黑瓦也许真的对我产生了影响。我回忆起前些日子里散步时在雍园的街道上遇到的另一个自己，还有在馒头店门口排队买糖三角的那个酷似我的背影，以及晚间归来时发现的那个站在一楼某户人家窗外偷听屋里小夫妻做爱动静的人。那个人察觉到了我，飞快地从我身边跑开了，与我擦肩而过时，我在目力几不能视的夜色中从他脸上看到的是我的面容。是我产生幻觉了吗？还是元一的我真的随着行将解体的小楼以相同的步骤在分裂呢？我摇了摇头，很快就将自己第二个念头否定了。妈妈在这栋楼里住的时间更久，妈妈并没有分裂成 1、2、3、4....n 个妈妈。

我仰起头，可以看见妈妈正在二楼走廊上极为逼仄的厨房里的盥洗水池边一遍一遍地清洗拖把。她老了，她在小楼里住了差不多有四十年。她的动作和表情已经嵌入了整栋楼的姿态体系，所以虽然家里每一处的空间都不宽敞，可妈妈总是游刃有余。她可以在小如鸡笼的厨房里大刀阔斧地洗干净并拧干拖布，长长的拖把棍子从她身后一扇古老得都快要从窗棂中脱落的红漆木窗间伸出去，毫不影响她大幅度的施展。她可以把两盆种着多肉植物的花盆搁在屋子里窗户外侧下方多出去一点点的砖沿上，每逢风沙天气，两个花盆就在砖沿上东倒西歪，楼下有谨慎的人路过抬眼望见必会抱着自己的脑袋一溜烟跑开，妈妈毫不动容，淡然地往两盆在风中旋舞的多肉里倾倒酸臭的奶渣水。暴雨天气时，妈妈把洗干净的衣服晾在楼道的天花板下方，屋门的上面。细铁丝绑住的两根竹竿悬在顶上，十几件潮湿的衣物在竹竿下被走廊里关不上的窗户外吹进来的带着雨水的风上下摆弄，妈妈便在裤管和袖子的袭击下晃动着脑袋和身躯进出屋门。这样的日子，一过就是四十年。她和小楼都变老了。她们已经握手言和，不再刁难彼此，并对对方的疏忽视而不见。她们可以忍受互相的老迈带来的颓丧抱怨、体惜潮湿的气候里彼此关节处的疼痛、包容酷热和严寒的季节中对方力有未逮的照应。小楼是被光阴舍弃的甲壳，我们只是寄生在其间脆弱的软体动物罢了。

我低下头继续沿着巷弄行走，突然从身后传来妈妈的声音："侬垃圾都伐晓得带下来丢掉的么？"

我骇然回过头去，看到了还在厨房里洗拖把的妈妈之外的另一个妈妈。妈妈把手里拎着的装满垃圾的袋子扔进垃圾桶，走到有些迷茫的我身边，说："走咯，我也要散散步去。"

"可你从来不散步的呀。"我有些阴郁地说。

妈妈看着我的眼神像一团快要熄灭的火。我说不清她那眼神的意味，但她的表情让我觉得她想要挽留些什么，这样的表情我只在人们面对那些稍纵即逝的景象时看到过。她让我觉得自己是一列渐渐远去的开往龟兹古国的火车，而她只是在站台上注目挥手的人。

"搞不灵清，我下来丢垃圾嘛，看到侬小囡，顺便和你一道走走。"

　　她老了，和她的上海话一起老了。她不知道现在的上海人已经可以说一嘴流利的沪普，而不是像她这样把上海话夹杂在南京话里翻滚成一种方言的双簧。老去的语言里有许多秘密，它们散落在各族各地各色人群之间，共同秉持着延续传统却并不还原传统的原则，只在人们吞吐言词的时候才在瞬时语境中偶有闪现而不显全豹。妈妈的语言在衰老中演变了，吸纳了很多南京方言的发音特征与词汇，形成了妈妈独特的语言体系。贯穿历史的语言融合进程被妈妈洞察了，她一定钻研过匈奴语与汉语言互相渗透的细节，也一定品评过鸠摩罗什在古梵语、龟兹语和汉语三者之间译转融通的疏漏。妈妈的上海方言里还残存着大量的先秦古音，比如 *Nin*（人），*Ni zi*（儿子），*Nio*（肉），*Nong*（侬），*Gang*（讲）。她一定也通晓所有吴语系、粤语系、闽南语系、闽北语系、客家话、潮汕方言里的先秦古音，只是她从不声张，她要在无人知晓的环境里默默研究，在没有聚光灯的氛围中成为融合化语言的破译解谜人。天佑妈妈。活菩萨。

　　我和妈妈顺着无人的小巷散步。我的脚步是菱形的，妈妈的痕迹是椭圆的。小巷两边的围墙上是并不平顺的青灰色砖纹饰条，小巷的地面由并不光滑的粒砖铺就。我们走进了粗糙的老巷胃袋，带有坚硬突起的胃壁挤压、碾碎我们，扑面而来的民国遗风是酸性的溶液，它腐蚀、分解进入它的客体，我们在这样的巷弄里还能剩下些什么，傍晚最后的暮色都褪去了。怀旧情绪消化我们，给养自身。怀旧本身是无力的，如果不能追上一列开往古龟兹的列车，那么怀旧就是束手无策的投降。汉武帝不追忆长城，匈奴压境的边关只是他梦魇的缘起。伊曼努尔·康德不怀念亚里士多德，形而上学的独断论只是供他批判的物料。我在这样的思考中渐渐明白人们对于怀旧的迷恋只是一场附庸风雅的自我催眠，对过往无可挽回的恸殇除了满足自己不为人知的自怨自艾的物哀癖好之外，在人们的感知里不会留下任何触动。何尝不是如此呢。在这古旧的民国街巷里留下的不仅仅是传闻，更多的还有旧时人们的琐碎念想。它沉淀在脚下一粒粒不规则的砖石里，渗透进每一寸灰砖红瓦的缝隙中。所以我们不是独自生活在这里，我们是和旧时的人们在交错的时间轴上一同经历着老宅陋巷。人们并没有如此的觉悟，他们只满足于口口相传的雍园1号里曾经居住过临桂上将白崇禧这样的掌故，惊诧于神秘的达赖喇嘛也在雍园深处的六边形柱状公馆里盘桓数载的新闻。人们不会追上那列火车，不会拦下一九四九年时的白崇禧，和他一起站在雍园1号他公馆院子里那株桂花树下，面对如潮败势，心生退意。人们亦不会知晓达赖住在那幽深冥暗的公馆中，曾被公馆六边形的结构迷得晕头转向。六边形的房顶、六边形的窗框、六边形的花园、六边形的蜂巢、六边形的毗卢寺万佛殿、六边形的伽蓝盛境。达赖在春天的公馆一楼客厅里顿悟了六边形的般若波罗蜜，他打开六边形的窗户，花园里的蝴蝶飞进客厅，在盘坐在沙发上的达赖头顶飞出了六边形的菩提图案。

我们只走了大约八百米，妈妈累了，她真的衰弱了，她可以每天扫地拖地铺床叠被洗衣服晾衣服买菜做饭，但她不能每天步行八百米。她不能不带任何目的地开展一件事情，身脑脱节的行为会让她觉得异常疲乏，支撑她不停做家务的动力是她的目的性，而非肉体。

"走不动了，走噶西嘟路，要走到哪里去。"妈妈很有些不满。

"很远，很远的地方。"我低声回答她。

"腿走断了，跟你们小年轻么法比，远地方去不了，各么走前面绕一圈回去么好咪。"妈妈要夺回这场散步的主导权。

　　我没有搭她的腔，低头走在她前面，一直在思考两个妈妈和三个我的事情。如果这时候弗洛伊德、荣格、阿德勒都还活着，碰巧他们又同时出现在我即将转弯的这个巷口，我想我对揭开这个事件的真相就会再多几分信心。在菱形的脚步结构中探究"我为什么会分裂成三个我"这样的问题或多或少都带有一些解析几何的意味。弗洛伊德说人有"自我、本我和超我"，可他没有进一步细化研究自我、本我和超我的大小、形状、颜色。荣格将心理类型分成内倾、外倾两种形态，将心理功能分成思维、情感、感觉、直觉四种功能。当他在纸上写下这些字句的时候，另外七个荣格也许正坐在他对面向他作出有礼而神秘的微笑。我的思维里出现了一个三角形，一个既不是直角、也不是等角、亦不是等边的普普通通的锐角三角形。三角形有三个顶点。我从任意一个顶点向其对应的底边画一条直线，再画一条直线……直至想象力在想象中的三角形里画出了 n 条想象的直线，于是三角形被分成了 $n+1$ 个派生三角形。欧几里得在帮助我探究这个问题，他在古老的东方尚在研究阴阳、龙虎、两仪、八卦的时期，已经将自己的观察结果和想象力用几何图形及其之间关系的证明这样符合逻辑学的形式予以表达。老聃在楚国苦县说"大象无形"，孔丘在鲁国陬邑说"从心所欲不逾矩"，欧几里得在古希腊雅典说"给定两条不等线段，可以在较长的线段上切取一条线段等于较短的线段。"思维进入了一个介于模糊与清晰、抽象与具象之间的瓶颈，擅长处理这类问题的人是语言学与符号学的宗匠。我需要索绪尔和罗兰·巴特，也许我自己便是索绪尔《普通语言学教程》中提到的"语言和言语"、"能指、意指、所指"这一套理论的衍生产物。我更爱罗兰·巴特，只有他能把"恋人"和"恋爱"这样简单而大众化的文字符号以一部《恋人絮语》的形式和规模加以符号学心理学美学文学条线的究极阐释。我初步认定自己是心理学层面、语言学层面、诗学层面的三分体，唔，这也未尝不可。诗性的我还在阁楼的悬窗下揣摩汪士慎的梅花，语言学层面的我正在小巷间菱形的散步中和另一个妈妈交换言语的载体，心理学层面的我也许还在物色合适的窗外准备偷听内里富含性心理内容的语音素材。我并不抵触这样的现象，相反还有些欣慰。我看够了人们在不同的场合不同的情形不同的对象面前频繁地切换面具，也许他们自己也很厌烦，如同契诃夫写出《变色龙》一样的厌烦，只是他们惶恐掉落面具后无以生存。无可厚非的虚伪。分裂自身最起码是真实而纯粹的，每一个我都有各自的企图和行为轨迹，无须伪装，无关谄媚。我在缓慢地踱步间开始回忆有丝分裂。不得不说，这种普遍见于高等动植物的分裂是毁灭的逆反，在与毁灭美学的对立中诞生了属于其自身的哲学意味。我尤其喜爱分裂过程中产生的纺锤体和染色体，它们无疑是一神论宗教最乐于见到的神证物。"纺锤体"，一个多么轻巧、灵活的词语，仿佛所有意义象限里的花木兰在所有的诠释通道中都理所应当地"唧唧复唧唧，木兰当户织"。纺锤是一个卷裹、输送纺线的器物，它比染色体更加具有过程动态，更富于精密制作的属性。"纺"和"锤"二字发出的轻唇音和重齿音的连接使得语音在耳膜深处有了一种图像化的翻滚感，这在音位学层面来说是一种肆意而精巧的活泼，它能在声音的搭配里予人愉悦。我迷恋"纺锤体"，它一定是先知的词汇，是神赐之物，是语言系统里完美体现抑扬顿挫和精巧俏皮的语音精髓的艺术品。

妈妈对我的沉默相当不满，尽管我的沉默只持续了三五七步。思考从第一步开始，在第七步时已然完结。思维才是真正不能被时间衡量的物事，否则我们如何在被时间标记的思维节点中思考时间过去现在未来的各种时态。妈妈生气了，开始气鼓鼓地小声自言自语。我在思考之余凝神细听，听见她正在骂骂咧咧，抒发对我冷漠态度的厌恶。可我对时间的思考还没有结束。如果我们的思维对时间的分类是虚无的，如果我们只是在单向、永恒的时间接续状态下以符号和语言来伪造各个时态，那就意味着我们用语言在探讨的"时间"这一概念也是我们虚构出来的。一直在逝去的是什么。我感受到它存在于空间与物体的先验直观中，但我无法言说它。如果没有空间、物体、甚至没有康德一直在强调的、作为人最先应有的"我"之统觉，那我还能产生时间的先验直观么？届时便是连思维都没有的境地了。

我突然停下来，转身对正在小声嘀咕的妈妈说："在我们谈论如何修正这次散步的路线之前，我想先搞清楚一个问题——你究竟是谁呢？"

妈妈楞了一下，随即涨红了脸，一个巴掌就抡了过来，我往后退了一步，这一下就落在了空处。她气得眼珠子凸了出来，脑后的马尾辫直升机螺旋桨一样摆动，我闻到她整个人身上散发出腐朽的老去的味道，摹画在嗅觉里是铁灰色的无力感。这种气味不应该出现在这样的场合，我的嗅觉显得有些茫然。

"要洗夸啦，我是谁？侬港我是谁？我是你老娘我是谁！侬脑子瓦特了！不三不四！"

"不，你不是我唯一的那个妈妈。你在楼下遇到我的时候，她还在楼上洗拖把。我不知道你是她的复写体还是她的分解体，我不知道你是妈妈序列里 A 后面的 B 还是 ½ 个妈妈 1。我只知道妈妈从不会参与我的散步，也不会走出椭圆形的图案来。她是一个没有步调形状的人，她的步伐杂乱而无章法，澳洲昆士兰土著部落追踪脚印的专家都分辨不出她的行走轨迹。所以你不是我那个唯一的妈妈，那么你是谁？"

我直视着她的眼睛，希望能捕捉到她最真实、最细微的眼神闪动。谁知妈妈的眼神坚定得可怕。她忽而收敛了怒容，她此时平静得如同初升的上弦月下干涸无水的枯井。我突然开始慌乱了，我预感到她将要说出一些令我慌乱的真相，极度平静下被扯拽到张力顶点的丝弦总是会有意料之外的反弹弧线。

妈妈笑了，眼神里居然有一丝狡黠。

"在质问我的身份之前，你能确定你就是在阁楼悬窗下读书的那个你么？你能确定每次你出来散步的时候，阁楼里没有另一个你仍躲在昏暗中无法走出书页半寸么？你深夜蹲坐在楼道里聆听死去的老人们的叹息的时候，你熟睡的床铺上又是谁在发出悠长而规律的鼻鼾呢？你要求妈妈是一个唯一的妈妈，但你可曾是一个唯一的你呢？妈妈看着你在阁楼里读书，看着你在巷弄里无目标地游走，看着你在深夜走廊上静坐如痴，我不知道哪一个是你，不知道哪一个是 A 或 B 或 C，亦不知道什么 1、½、⅓，我只觉得他们都是你。曾经有一天我亲眼目睹你在我眼前化成三个，以原初的你为原点，分别向三个方向以等角三角形的结构走出等边的距离，各自在各自的顶点各行其是彼此毫无察觉。我踌躇于应该向哪一条边哪一个角倾斜，可我难以选择，因为它们都是相等的。从此之后我把自己的关注分成三份，平均地分配给位于三个顶点的三个你。可三个你都觉得妈妈的关注稀薄了，三个你都渐渐开始不满。你们开始离我越来越远。以前的等边三角形并不很大，我一天总能够把三个顶点都走一遍。现在却越来越大了，而我已经老了。我很难再每天兼顾三个，只得算好日子，在三个顶点之间按照相同的天数轮流移转。三角形越来越大，而我越来越衰弱，沿着一条边从一个顶点走到另一个顶点的时间越来越长，我不知道我还能坚持多久，毕竟连现在住着的这栋小二楼都快要支撑不下去了呀，要洗夸啦。"

妈妈疲惫地叹了口气，在逐渐深沉的晚色里又老了一些。我有些沉默，有些不知该如何应对。A 或 B 或 C 的我，⅓ 的我，面对着 A 或 B 的妈妈，½ 的妈妈，是不是应该拿出算术本，在纸上列举出所有可能的排列组合。场景在概念中纷乱了，各种可能性之间的连线占据了虚构的算术本，密密麻麻的推导公式在雪白的纸张上留下了脑电波和心理波动的纹路。耳中蓦然听见轻微得几乎不能辨认的电流接通时"嗡"地一声响，小路两边的路灯都被点亮了。

我振作起来，路灯下我看到了妈妈疲倦的面容。她在一刻不停地衰老，我不能白白地任由她这样老去，我要和她走完这一段路，走到我们的目的地去，在尽可能短的时间里，给她留下去另一个顶点的充足的余裕。我在虚拟的算术本上比划，妈妈狐疑着看着我似模似样舞动的双臂。我在动作的同时宣讲："目前唯一可以缩短路程的方法，就是旋转我们所在的坐标系。以我们站立的位置为点，画一条穿过此点的水平横轴，我们称它为 X 轴。垂直于它的纵轴，我们叫它 Y 轴。在坐标系的象限里标注出目的地的位置 (A, B)，我们的位置 $(X, 0)$。"我手舞足蹈地在不存在的算术本里描摹着坐标系和两个点之间的距离，妈妈听得有些入迷，我想她也许正在揣测 X、Y、A、B 之间扑朔如万花筒般的关系，便没有停顿地继续阐述我的动作。

"将两个位置点用一条线段连接起来，线段的长度就是我们还要步行的距离。显然对你来说是无法完成的了。那么此时我们唯有以坐标轴的原点 $(0, 0)$ 为轴心，旋转坐标轴，将我们在 X 轴上的位置点尽量靠近我们的目标位置 (A, B)，但在旋转的同时，我们必须绝对做到一件事。"我斜着眼睛看着妈妈，有意地在这里停顿住了。我在评估她是不是能够与我一起做到这件事。

妈妈眨巴了一下眼睛。"要组酒？侬港。"

"因为 x 轴是细长的几乎没有宽度的轴线，所以它在旋转的时候无法带动与地面发生摩擦力的重物，比如我们两个人的肉体。这是可以说得通的道理，你看雨刮器它刮不掉粘稠的鸟粪、日晷上的针影抹不去石盘上的刻度。这是可以说得通的道理。所以我们要在旋转的瞬时里同时起跳，跳得越高越好，跳在空气中被旋转的扭力带走，以确保我们在落地的时候还能在那条已经变动过位置的横轴上。"

妈妈点点头，说："懂咯。跳能跳的，跟着你跳好了。"

我不再说话，等待着我的精神渗入地面，与空间里的 x 轴逐步形成共振。妈妈握紧了拳头，双腿微微下蹲，上半身稍稍前倾，做好了随时听我指令就起跳的准备。委实是一个全知全能的妈妈。大慈大悲观世音妈妈。

"跳！"我忽然大喊一声，然后就跳了起来。妈妈也在同一时间里跳了起来。我们在空中停留了很久，眼前闪过场景切换的画面，画面很模糊，可能是因为速度太快了。很久很久之后，我们重新落回地面，大量分泌的肾上腺素被大脑消耗掉了。我看了一眼手表，大概只过去了不到三秒钟。目的地正在我的眼前，右手边躲藏在深院里曾经的达赖府邸隐隐露出了屋顶灰砖的一个斜角。

然而妈妈却不见了。我四下张望，并没有发现妈妈的踪影。她跳起来了，我在空中的时候还看见她在我身边，快速切换的背景画面里妈妈跳起的高度并不低，她很努力地停留在空中，脸上的神情里有些微的惊异和慌张。我判断她并没有留在原地，她应该是和我一起随着细长的横轴一起转移过来了，可能是由于体重和一些不知名的因素导致她和我并没有出现在同·个位置。我在人流稀少的雍园长街上奔走起来，期盼能在某一个角落或者虚掩的门扉后面发现妈妈。我喊着妈妈，像一个在游乐场走丢的孩子那样喊着妈妈。也许自从我五岁之后，我就没有在大庭广众之下这么歇斯底里地喊过妈妈。妈妈 A，妈妈 B，$\frac{1}{2}$ 的妈妈，在等边三角形的轮廓里持续游走的妈妈，每分钟都在衰老的妈妈，大慈大悲观世音妈妈，全知全能视圣三位一体如无物的妈妈。我急切地想要找到她，想听她和我说夹缠不清的方言，想看她把垃圾袋以完美的圆弧抛物线扔进垃圾桶，想像一个走丢的五岁男孩重新见到妈妈那样扑进她的怀里。我从未如此无助地渴求过妈妈，妈妈的消失是一个不祥的征兆，我有一种强烈的预感，我也许再也见不到妈妈了。

先知在此时保持沉默，只是不动声色地将落日按入海水，把月轮推上夜晚的帷幕。街道上的风不再喧哗，一片枯黄的梧桐树叶在我眼前落下，旋转，复又被一股气流吹起，飘到了路边一张简易的折叠桌上。桌上放着两本摊开的书，梧桐叶不偏不倚地就落在两本书的中间。坐在桌子左手边的一个中年男人伸手抓住了树叶，看都没看，直接放进嘴里咀嚼起来。他很快就吃完了这片树叶，显然树叶并不是他的正餐。他撕下书上正翻开的那一页，理所应当地放进嘴里继续咀嚼。另一边坐着的老年男子看起来正在和他争辩着某个问题，神情有些激动。

"你完全错了，错错错，大错特错，错得太离谱。概率这种东西是没办法计算的。怎么不是呢？对于每一个人来说，中彩票就是中彩票了，没中就是没中，是百分之百和 0 的关系，不存在中间状态。你告诉我，我这注号码有多少千万分之一的概率中奖，跟我又有什么关系呢？对我来说，那就是百分之零啊！是 0 啊！不存在、没发生啊！大众热衷于谈概率，是自古以来大众对神话世界的一种倾慕，只不过这个神话没有出现在语言世界里，而是由数学符号缔造而成了。神话本就是虚无缥缈的，是迷信的产物，是人类对无法解释事件的自我催眠的解释。概率正是这样一种东西，它并不存在，可人们编造出它，使得它仿佛真正地曾经在每一事件当中出现过。这是谎言！是不折不扣的谎言！"

　　老年男人说完撕下了自己面前的书页，放进嘴里嚼起来。他有些生气，以至于在咀嚼的时候口腔的动作幅度大得有些夸张。中年男人哂笑了下，至少在我看来他是不屑的。他吃完咽下嘴里的纸张，慢吞吞地回应："我不和你争这些歪理，争了也没什么用。数学是实证科学，它只需要证明自己有用并且可以被广泛运用于各门学科和技术之中就可以了。概率论正是这样的一门科学。当今社会，无论是计算机编程，还是航天物理，或者是大数据信息库，无一不运用着概率论。如果没有概率论，我们的生活甚至都不可能演变成现在的样子。你刚才说没出现就表示不存在，那我倒要问你，你在日常生活中见到过纯数字的圆周率么？见到过光阴似箭一样的时间么？见到过道生太极，太极生阴阳么？没有啊！谁也没见过啊！数学符号本就是从现实中抽象出去的代表数量的概念，它不在现实中存在，但它可以站在纯粹数学的立场去诠释事物之间的数学关系，它用数和量的符号去剖析、讲述事物。诚如你刚才所说这是一个神话世界，但这是一个数学家可以用数学符号以逻辑论证的神话。人们尽可以将它视为一个虚拟的真空，就好像文学、绘画、摄影都在构建的那种真空一样。"

　　老年男人吃了点纸之后冷静下来了。他喝了口随身携带的保温杯里的茶水，摇着头说："你在歪曲我的立论，混淆我之前言语中的某些看法。我并不是说抽象的概念无意义，任谁都知道纯粹数学本就是研究抽象的学科。我只是对概率论断言一个事件可以在一个时点之内产生多种事件结果的论调并不赞同。数学的概念一旦脱离了哲学的审视，便会进入到一个尴尬而无法自救的局面，于是只能开始以衍生的谎言不断地欺骗自己和别人。你先别急着皱眉头，我来说一下为什么概率会沦入这样的尴尬。概率论的经典案例场景是抛硬币。正反两面不同的硬币，被抛起后落下，概率论认为正反面朝上出现的几率均等，实验可以持续十几次，几十次，数百次，貌似实验结果符合或者接近这样的概率结论，然而，抛硬币并不是在同一时间内发生的，而是一直在时间中延续的事件。那么，每一次抛硬币便不能被看成是同一事件，因为它们的时间点不同，每次抛起的力度、角度、温度、环境因素等都未必相同。概率不能将这种表象上看来同一实则限定条件并不一致的一组事件拿来就设定为相同事件，这是不负责任且不严谨的论调。我们可以看到，概率论经常会将一组落在不同时间轴上的事件归类为一组事件，并强行将其结果以一个可能发生的比例数字来表达。这其实是很荒谬的。这些事件本是孤立的，因为时间因素已将它们割裂开，而正因为被时间分立了，所以每一个事件便有了自己的独立性。概率论企图用多件孤立、分裂、具有独立性的事件的结果来衡量一个抽象事件每一种可能结果发生的频率，本身就含混了事件的唯一性和现实性。我想你也曾听到过一个道理——'没有人可以两次趟过同一条河流。'这句话是至理名言。我的话说完了，我希望你能够在接下来的讨论中摆脱你那功利性的价值言论，要知道一样普遍运用于人类社会中的学说或者技术不代表其本身就是无瑕的，也许更多的是人们集体无意识地烘托造成了那样骑虎难下的局面。比如凯恩斯经济学，比如货币的政权化，比如高度发展的资本主义社会下大规模工业化污染带来的环境问题。年轻人，也许你能在这个浮躁而功利的社会里游刃有余，但你不可以将这个社会浅薄的实用主义冠在学术讨论的名义之前。那样的话，我们的讨论就会变成一场荒谬的滑稽戏了。"

　　我没有再听下去，他们二人的争论冗长而乏味。我越过二人的桌子，走进他们身边的铺面里，地方不大，墙上的书柜里堆满了各式各样的旧书，很显然这是一个贩卖旧书的铺子。我慌乱地寻找妈妈，妈妈不在里面。她不喜欢看书，我不应该在旧书店里寻觅她。我着急地转身想要出去，却在门口被一个戴着无框眼镜、挽着发髻的男人拦下来了。

"找人么？"他声音有些低沉，很浑厚，不过音量很轻。

"没有。"我回答他，并表现出不想继续攀谈下去的神情。

"不，你一定是在找什么人。"他的声音里有一种没来由的肯定。

我有些诧异，不禁转过目光正视他。这个人应该不年轻了，扎好的头发边缘可以隐约看到不少白发掺杂其间。脸上的表情里有着奇妙的淡然，眼神不算犀利，也不涣散。以他的年龄论来，想必也经历了不少未能如意的事情，但却绝没有常人可见的世俗气。我觉得眼前的人于我而言有一种莫名的亲切感，恍如在我某一夜的某一个梦里出现过并与我进行过深切的交谈。然而这种超越现实与梦境的熟悉终归不是彼此相识的先验条件。也许是他身上的某些特质吸引了我。这种特质我也曾在阅读书本的时候邂逅过，也曾想象过著述某些文字的作者的形象或者在别人笔下的某些人物的轮廓。超然的人往往最能使我入迷，他们仿佛站在这个以某种固定结构封闭的体系外围，以一种热切而悲戚的态度注视着封闭体以及内里被禁锢的同类。他们孤独但是享受孤独，他们忿恨但是由爱生恨。超然的人是体系之外自我调节、自我建构的独立而矛盾的思维体。体系与他们之间横亘着一条条原则、自由与想象力的沟壑并且显而易见的是填平这些沟壑的工具尚在时空的某个角落里被掩埋。我时常想象那些特立独行的人构造出来的超然的建筑，想象老聃枯坐在形而上的、万物互生、有无互立、阴阳二气盘旋其中、悠悠轮转的空中楼阁；想象柏拉图在雅典卫城的地基上从迈锡尼城堡山开始以理想的重锤拆除了帕特农神庙赫拉神庙阿波罗神庙阿迪库斯剧场颠覆了柱顶板与柱式布局而兴建了一座爱琴海上漂浮于克里特岛和伯罗奔尼撒半岛之间的没有诗歌只有秩序与纯粹理性的移动迷宫；想象伊曼努尔·康德每日午后一点半拄着手杖准时出现在柯尼斯堡林荫路的尽头，从自己的口袋里掏出先验感性、先验理性、先验时间和空间理论、统觉的概念作为砖块与瓦石、以二律背反和不可知论作为精密晦涩的建筑蓝图不断朝向天空堆砌一面沉入地心的高墙；想象汪士慎在双目俱盲之后提笔以狂草作字一幅赠与金农，随即他便隐入他之前所画的梅与兰竹之间化为笔墨的土壤化为沙尘化为长风里沉淀下来的粉埃越过运河越过海峡越过亚洲文明与美洲艺术之间的隔阂诞生在纽约植根于曼哈顿从汪士慎的土壤里迸发出兰竹与梅花盘结错成的纽约大都会艺术博物馆。我时常这样想象，想象人们与建筑之间的联系。而这个破旧狭小的书屋，也许就是眼前这个男人构建出来的超然于体系之外的建筑。

"为什么你这么肯定我在找人呢？"我问他。

"找人的人，总有一种特定的神情。那种神情不仅仅是迷茫和焦急，还潜伏着不期而遇的惊喜与渴望。我擅长分辨这样的神情，我也经历过很多来我这里寻觅些什么的人。"男人的声音还是很低沉，很轻缓，却有一种不言自明的魅力。

我立即明白了他就是这个旧书店的店主。他显然也看出来我已经明白了现在的处境，便没有再继续说什么，只是走到柜台后面，摸出一枚印章，在堆在台面上的旧书背面里页盖上印章的戳。我突然觉得这个男人很可能知道些什么，于是走到柜台跟前，又问了他一个问题："转动坐标轴的时候，位于坐标轴上的人会有什么偏离的风险么？"

他没有抬头，把手中一本盖好章的书放在我手边，轻声地说："有归 0 的可能。"

"归 0 是什么？"我下意识拿起那本书，翻开背面的后页，空白处印章里是这个旧书店的名字：吃纸书店。

店主停下手中的动作，非常仔细地看着我，我感觉他在辨认着些什么，我说不清楚。

"X 轴转动，轴上的人位于空中，瞬时点失去了重力和摩擦力，随轴移动的人有一定几率被轴转动形成的角度斜坡导入坐标系的 0 点，位置坐标（0，0），X 轴与 Y 轴的交点。"

我放下手中的书，开始在脑中搜索原点的位置。坐标系以原点为轴心转动，我理应可以掌握到 0 点的位置。然而脑袋瓜里空空如也，没有 0 点，没有 X 轴，没有 Y 轴，没有象限，什么都没有。

店主放下手中的印章，说："没有用的。0 点在吸入实体存在之后，便会隐蔽起来，成为真正的 0。没有人知道 0 在哪里，因为 0 什么也不是。"他看出我脸上的不解和迷惑，于是继续说了下去。

"0 的神秘在于，0 是量的虚无，但同时又是数的存在；0 是物本质上的'有'，但同时又是物界限内的'非有'；0 和其他数漠然独立，形同空冥，但同时它又可以吞噬其他数，存在于不存在之中。加减法是一种给予数本身一定独立性的算法，5±0，5 并不灭失，只是依旧不变，孑然独立；乘除法取消了数对于 0 的独立性，使数与 0 发生全方位的接触、交融，所以 5×0=0，0÷5=0，0 将 5 纳于自身，归于沉寂，归于一个质上的'有'、表象上的'无'。'无穷小'的极限是 0，按照现代数学的理论，无穷小一直无限趋向于 0 却达不到 0。从哲学上来看，'无穷'概念的时空是无限的，0 则不具有时空特性，时空在 0 那里是一种纯然的'有'的状态，同时也是一种纯然的'无'。

那么无限小逼近的是一种纯然的未开端的开端，无限时空的极限是时空沉寂的存在，这就是说，0 在本质上并不是无限小的极限，无限小与无限大一样都不存在极限，无限小沉入微观的微观，无限大进入宏观的宏观，而 0 只是一种沉寂态，是所有开始和结束，同时这些开始和结束都不存在。"

　　"所以，"店主的发言进入了总结性的尾声，"你需要进入表象的无中去寻找实质的有。你要找的人和 0 存在于一种乘除法的纠葛之中，0 吞噬了她，抹去了她存在的表象，但并不代表她在实质上就灭失了。因此你要先找到 0，在无人知道 0 存在于哪里且以何种方式存在的情况下，你只能先通过进入'无限小'的极限隧道这样的方式接近 0，然后再作进一步的打算。"

　　我在店主的陈述中陷入了沉思。乘法、除法、与 0 的纠缠、寂灭、存在、不存在、漠然、吞噬、无限、微观、有、无。我仿佛被卷进了一场禅与玄学的思辩。先知依然默不作声，自从妈妈出现之后它就躲藏在光与暗的更替之中，无声地观察着在这个崩碎的傍晚发生在我和妈妈身上的一切。一次普通的散步恍若踩入了一团神秘莫测的云雾，我在出发之前可完全没有料到会有这样的局面。束手无策可不是什么普通的牢骚，它比双手戴上镣铐更加令人绝望。

　　我失魂落魄地站在旧书店的门口，犹如被视野里所见的任何一样事物拒之门外。长街是通透的，然而我在其中自觉多余，街上的每一件事物都有其存在的因果，却没有一件是我需要的，我无法在这通透的空间里与任何一件事物契合，我被排斥在它们之外，甚至被排斥在空气中的氧分子和氮分子之外。我无法自洽、无法圆融、肺部吸入氧气又呼出氧气，呼吸作用停止了，我的身体已经不能和外界产生任何关联。我在脑中想象一棵树，在神经电里自脚下长出根茎，根茎深入地面，钻入深层的土壤。我伸出双手，手臂长出枝叶，花药瓣裂，长出半轮生花和不对称花。我是毛茛和美人蕉的杂交属，我在没有阳光的夜晚进行倒逆的光合作用，吸收氧气和水分，释放二氧化碳。我利用蜜蜂和蝴蝶传播花粉，也接受蜜蜂和蝴蝶带来花粉，可我的花粉既不能令别的花蕊受精，也不会被别的花粉受精。我孑然独立在整条街道的树木和路灯之中，成为了这个世界上唯一的毛茛和美人蕉的杂交属植物，成为了生物界与植物界无可归类的异类。若干年后我也许会被热爱分类厌恶异类的自然科学界人士砍断根茎、锯断枝干、焚烧叶与花，身躯化为纸浆进入印刷装订的书本之中，几经易手，说不准便机缘巧合地来到了这家专门贩卖旧书的吃纸书店里，机缘巧合地被中年男子和老年男人买下，机缘巧合地仍然坐在门口树荫下这张简易的折叠桌旁，被他们二人中的随意一人囫囵吞入腹中。

　　我在一筹莫展的时候极易陷入这样的想象。乖戾感是现实与理想错位后的自主隔离，是拼图里永远多出的那一块碎片。人们总是喜爱自毁与破碎的东西，拼图与万花筒、沙漏与衔尾蛇。我不知道自己会沉入这样的遐思多久，如果不是店主突然开口说话的缘故，也许这样的臆想会持续到极限为 0 的无限的微观时刻。

　　"沙土随长风积淀，火焰逐流水燃烧。"店主低声地吟诵了两句。"形而上学家们早就看出人类对于自我毁灭的迷恋，所以在古老的形而上学典籍里记录了这句来源不明的史前谚语。它的出处已不可考证，我们唯一知道的是它曾经同时出现在古埃及、古巴比伦、古印度、古希腊的祭祀经卷之中。殷墟出土的甲骨文字迹里，也有类似的表达。它最早应该出现于非洲大陆和东爱琴海地区人们的祭神活动中，是某种巫语，是与神灵对话的语言。至于它为何可以横跨非洲、欧洲、亚洲大陆，在所有的史前人类中流传，还是一个未解之谜。不过这无关紧要。要紧的是 0 在吞噬了实体之后，是否也会依循这句古老的谚语、巫语、神灵之语，继而发生一些微妙的变化，得以令人在现实的表象之后可以窥见它的踪迹。所以你需要进一步的探索、观察、等待，直至 0 露出自毁前的疲态。"

我深深地看着店主那波澜不兴的双眼，犹如走进了一个不明就里的深渊。我内心有一万个问题想要问他，可他及时地看出了我的意图。

"我能说的只有这么多了，不过我认识一些奇妙的朋友，你去和他们打听打听，说不定会有预料之外的收获。来，我来告诉你该如何找到他们。"店主淡淡地说。

店主把我领出屋外，站在折叠桌旁。中年男人和老年男人还在不停地争辩，二人面前的旧书已经被他们吃下去了一大半。他们看见店主，皆请求店主为他们做个仲裁，店主示意他们等一等。天色已经暗了下来，路灯在幽玄的气氛里似一团亮黄的青火。店主指着长街不远处一幢二层小楼，对我说："他就住在这幢小楼的二层，你去找他吧，他也许知道一些你需要了解的事情。"

第三章

　　我站在阁楼的悬窗下，透过悬窗的玻璃看外面渐渐黑下来的天空。从悬窗看出去的天空只是屋瓦和悬窗窗框顶端之间的部分，所以我看到的天空，更近似于一个胶片框，一个相对静止的明暗切换的长镜头。阁楼里已经没有光了，我无论如何都看不清书上的字迹，只好合上书本，站在悬窗下看还有些余光的天与瓦片。瓦片是黑色的，一层一层摞着铺在倾斜的屋顶。成片的老宅屋顶的瓦片连接起来，似乎是汪士慎以浓墨灌注指力在夜晚来临前的虚空画纸上荡开的一笔。我确实喜欢汪士慎，除了他对梅与兰竹的诠释，他更多的似乎是在用如涂抹暗夜一般的墨笔诠释自我。五十岁之后，他凭借几乎不能视物的目力画出了他最好的几幅作品，他挥洒墨笔如窥探虚空，他笔下的梅花枝条和兰竹根骨都没来由地凭空伸展。我以为他是一个由虚空而生往虚空而去的画师，他从虚空中引出点点枯枝粉梅，又用干湿技法将其模糊于人的视觉，一半是真，一半是幻，上半节巴洛克，下半截后印象，花开文艺复兴，枝斜达达主义。汪士慎从不执着于画面的惟妙惟肖和透视理论，他只热衷于展现一片视觉上的虚空，无声的虚空里有颜色。他把干枯的黑色画入湿润的黑色，把象牙白点入朱砂笔，把鹅黄滴入草绿，把纸色交还给虚空。虚空是什么颜色。汪士慎在双目全盲之后便看到了虚空的颜色，他却不能告与人说。他在虚空里看到了波斯和拜占庭的细密画，看到了年岁渐高的细密画师在日夜描摹的辛劳下失去了视力。他揣摩他们的欣喜，他观察他们在失明后依旧信笔作画，他发现他们数十年形成的下笔惯性竟然可以让他们在失明之后画出的马驹、树木、宫殿、舞女比失明之前更好。汪士慎沉醉于这样的虚空，他领悟到自己之前画出的梅花和兰竹都生长在虚空里，且从虚空诞生的意义便是入灭于虚空。一枝横斜的无端，一树粉黛的惘然，颜色与形状掠过眼底便从眼底飞过，图像传达了实质后表象便开始脱落。汪士慎感觉自己可以与人倾诉虚空的颜色了。西方寺一场大雪，汪士慎在雪中探访寺中修养的金农。金农与他一样苍老、恬淡、清虚。汪士慎的眼前是快要抑制不住的虚空。金农铺纸研墨，汪士慎不知道纸在何处，他抓起画笔饱蘸浓墨，在雪白的精舍粉墙上狂草一幅，如入虚空。字迹深入粉壁，泼墨披麻，汪士慎用狂草的字形阐释颜色，他明了一切色彩都只是寰宇之内光线在特定谱段上的波动，是无人自横的江上扁舟随水的律动，是文人画匠倾注于五指笔尖的心动。动若不动，空如不空。

　　妈妈拖完了地板擦拭了桌椅掸扫了床铺拿走了垃圾袋，她心满意足地离开了阁楼，临走之前还不忘在阁楼里梳妆台的镜子中审视了一下自己衰老的身躯和疲倦的面容。梳妆台是她结婚前找木工打的，同时还打了五斗橱、半截衣橱、大衣柜、小书橱、大床、饭桌、椅子。其他的家具都找不见了，只有梳妆台还被她珍藏在阁楼里。我时常揣摩她留着这梳妆台的意义。四十年过去了，她在这张古老的棕红色梳妆台的镜面里还能看到四十年前的自己么？我怀疑她会在我不在阁楼里的时候，走进梳妆台上的镜子，走到镜面上的竹子旁边，走到镜面上的梅花下面，走到绵延了四十年的光线的聚焦处，在成像的镜面世界里替代四十年前的自己，反过来凝视着镜外四十年后的阁楼和照镜子的人。我承认自己迷恋镜像，迷恋镜像里一切都颠倒过来却又颠倒得如此不留痕迹的幻视。从来就没有颠倒众生的人，只有颠倒众生的镜像。妈妈在镜子里颠倒了左脸和有脸、置换了左手和右手、逆转了镜中世界和现实的界限，这让我有一些感动。毕竟在衰老得无可救药的自毁境地中，妈妈终归是找到了一条自救的道路。这道路并不宽广，可以说这道路细如粒子的束带，可它是无限再生的资源，它从不被浪费，只是永远被创造。它寄生在光学、材料学、热力学坚实的躯体中，它是感官刺激中最普遍的直观，是人们可以创造的最不刻意的艺术。

我曾对着镜子拍照，用家里那可怜的老式胶卷相机。右手大拇指"哼哒"一下把胶卷键扳过来，食指按下快门，成像的声音在耳边响起，缓慢而递进。我把镜头对准镜中的那个人的身躯，对准他的双腿，对准手臂，有时穿着衣服，有时裸体。裸露的躯体会发光，表皮组织和毛发携带着这样的散乱光线投射入镜中，镜中的躯体甚至成为了照亮镜面的底光光源。我时常拨弄垂挂下去的阴茎，它黯淡、沉默，隐藏在浓密的下腹部的黑色蜷曲毛发里，是明亮肉体上聚集阴暗的圣地。它是诗歌一样的存在，是暴怒与狂喜的声韵，它在阴暗中依附阴暗，在光明中吞噬光明。它沉稳、激进、下流、圣洁、软弱、暴力，它像人类所有的诗歌一样在温情中暗藏匕首，在痛苦里挖掘希望。它美丽而丑陋、关键而多余，它常常自卑地缩入丛林，也常常自负地崛地而起。它是矛盾和悖反的化身，是创造与毁灭的降临。我喜爱它如鹿归林，我憎恨它如蚧骨蛆。镜头里的阴茎有些忧郁、疲惫，我拍摄它，从每一个角度，垂直的，镜面的，仰角，平视，特写，全景。镜头是我与这个世界的中介，正如同书本与数学。我在抗拒一样东西的时候，我就拍摄它，我躲在镜头与光学的身后，给足了自己时间去反复消化、适应抗拒。我喜欢一样东西的时候，我也拍摄它，无论是实体还是它的影像符号，我都想长期地观察并占有。相机给了我一个在行为上无差别对待一切的手段，人们无法从我拍摄一件物事的举止中判断出我的喜恶，我凭借镜头掩盖了我的情绪。我变得冷漠、机械，只会冰冷地按动快门，扳过胶卷键。我对任何事情不再发表言论，不再有激昂的情绪，我只按动快门，我只躲藏在眼睛与光敏感元器件的夹缝里。从这个意义上说，我甚至还不如矛盾而悖反的阴茎。我不如人体诗歌，不如与阴暗和光明都格格不入的战士，不如镜子里那个持着相机纯粹摄影的镜像。我深刻地意识到我自身的缺陷，于是我抓住阴茎，把它放在阳光下摆弄、旋转、挥舞，嘲讽它，呵斥它，戏耍它。它依然沉默，依然不屑一顾。我确实不如它。

养在阁楼下面厅堂里的金鱼死了，我在镜子里剖析自己的时候突然意识到这一事件的发生。不再能听到它在茶几上圆形浴缸里游动的"咕噜咕噜"声了，腮动的"嘻嗦"声亦消失了。阁楼里一片寂静，我发现自己患上了耳鸣，只有在什么声音都听不到的时候，一个人才能发现自己是否患上了耳鸣。我走下阁楼，看见金鱼"那烂陀"已经在污浊的水里翻了肚子。摩揭陀国南菴没罗林中有池，池中有龙名那烂陀。此龙如今未知生死，而我的那烂陀却死了。我的 *Na^landa^*，黄身凸眼的 *sam!gha^ra^ma*，大肚鱼缸里的舞者，水域中的歌姬，以鱼泡眼观世人的摄影师，在这个崩碎的黄昏后卧化了。佛陀亦难免圆寂，未知我的那烂陀是否转世。我一度极为渴望了解它在那双大而突出的眼泡视力里看到的是怎样一幅人间的景象。长条形物体是否两端遥远细小而中间膨大，圆柱形物体是否更接近于扁平椭圆形的蒲团。那烂陀用那双眼记录下来的影像是否在水面的光折射下偏转到了另一个人们也许难以理解的成像曲率中去。对我来说，这简直是令我着迷的幻境。平时我对它的倾慕都泄露在照片里，我用拍摄阴茎的所有方式拍摄它，它简直已经与我的生殖器平起平坐。我经常把鱼缸抱上阁楼，让那烂陀凝视镜子中的自己。我观察它双眼的运动，试图分析它对视镜像时大眼泡的移动轨迹，然而在尝试了数十次后并未能如愿。那烂陀的死令我忽然对今天这不同寻常的傍晚有了些警惕，风中飘来了尘土与火焰的味道，以及这没来由的耳鸣，它们缠绕在一起拧成悲怆、滚成命运、颠仆成葬礼、动听动情犹如月光。我沉浸在虫鸣一般的耳鸣声中，捧起鱼缸，鱼缸里的吟游诗人在水中晃晃荡荡，恍若表演着它遗留于世的最后舞蹈。

妈妈还不知道那烂陀死了，她还在厨房的水池边洗拖把。我可以想象她进来发现那烂陀死了之后一定会大呼小叫指责自来水公司的水质指责干燥的空气里氧浓度不够指责我每天喂它鱼食撑死了它指责鱼缸禁锢了它的自由指责老楼破旧墙壁落下粉尘毒害那烂陀甚至指责那烂陀对水氧要求高娇气贪食自寻死路。妈妈会指责所有她可以指责的人和事，唯独她自己是无辜的，只有她自己才是受害者。她是被赦免的，她无可指责，她是高原上的牧羊人。妈妈的声音在我耳边响起，圣洁得如同新约马太福音。

我准备处理掉那烂陀的尸体，却犹豫采用哪一种安葬它的方式。土葬？火葬？还是水葬？这时候便不由得想起了那烂陀的身世。那是一个清晨雨后的下午，天阴沉沉的，云聚集在天空中还没有散开，我独自开着我那辆黑色的大众高尔夫小轿车驶上通往头陀岭的山路。盘山路两边潮湿的土地和植被里升起水气，将山头包裹在一片不能透视的雾中，与天上密集的云连在一起，分不清自己究竟是身处山中还是云端。驶入云雾，盘山路在云雾中成为了云雾的骨骼。头陀岭上有翠云峰，翠云峰前有一座道观。观中有一位道士，他却不栽桃树，不摘桃花，不换酒钱，只是吞食山巅的云雾。我把车停在道观前的大水缸旁，正好看见他站在屋顶上进食。他的食量惊人，每逢这样的天气，头陀岭上聚集的山气与浮云大半都要进入他的脏腑。进食是持续的，一般将会持续到深夜，但是中途会有间断。道士知道我来，便从屋顶上循梯子下来，左脚先下，右脚先落地，屡试不爽。很久没有这样的天气了，我也很久没来，我看得出道士的消瘦，想来是很久没有进食了。道士走到水缸旁用手捞起一握缸水，抛在我头顶上，以无根之水断了我上山来的来意。随即略显醉态的他邀请我一同登上道观的顶脊痛饮山云。我与他一起站在巨大得如同整个天穹的茫茫山气云海之下，恍惚间觉得唐伯虎化身桃花仙在桃花坞里桃花庵中喝桃花酒在月中眠也不过如此。道士吸云如长鲸吸水，我不胜云意，片刻吞吐后就缓缓醉矣。中途再歇，道士的面庞明显饱满红润了起来。他跃下屋脊，走到观中拿出纸笔，研好枯金徽墨，借着醉意，便在纸上挥毫。他此时从嘴角和鼻孔里呼出的尽是云气，我远看他如在云中施法。顷刻写成，他落下毛笔，举起宣纸，黑色、饱满的墨字荡开云雾，在朦胧的意境里似黑色的太阳一般夺目。

"沙土随长风积淀，火焰逐流水燃烧。"

道士待墨迹晾干后卷起宣纸装入细长的字纸筒中赠与了我。他与我说头陀岭上有天地初始之元气，有道家修持的十二重楼和铅汞龙虎。他还与我说有一夜轩辕黄帝托梦与他，他醒来即发现观后的自留地里在夏日长出了雪莲。他日日在道观里研读道藏，早已读完了所有的儒释道经卷，无聊之余他开始读圣经读古兰经读吠陀读古事记读十一支读塔木德。读书的日子里时间早已被忘却，道士逐渐遗忘了自己的年龄、姓名、籍贯、民族。终于有一日，他在漫山的云雾里饮醉，忘却了自己的宗教自己的信仰自己的皈依，他脱掉道袍解开发髻攫断拂尘焚烧木造的偶像，他手捏道诀口中却念着"南无阿弥佗佛"，他深夜失眠坐在三清像前却阅读《托拉》了此长夜。道士剪断了披散的长发，留下了左半边的头发，却将右半边的头发剃了干净还点了三粒香疤。他在神道教的《古事记》上注释《吠陀》的经义，在着那教的《十一支》上用犹太教的《塔木德》经文点评。道士沉迷于一分为三的游戏，他在宗教经卷里收集这样的典故。圣父、圣子、圣灵、圣三位一体；如来有法身、报身、应身三身；鸿蒙有元气，一气化三清；中土向来有儒释道三教鼎力；基督教信仰世界三分为 *Catholic*、*Protestant*、*Orthodox*。他渐渐明白为何"三"会是虚数，"三"又为何在宗教世界里如此神秘而普遍。道士又在时间不明的岁月里迷乱地贯通了世界宗教的文化，他开始撰写自己的著作。他写的宗教作品既不是任何一个宗教的总结分析又不是各个宗教之间的区别对比。他写的是一个中世纪比利时修道院里一个名叫安托鲁的修士厌倦了在修道院里用麦芽啤酒花酵母酿造啤酒的日子。修士觉得自己理应是一个屠龙的人。他不顾修道院和大区主教的劝阻和反对，深夜翻墙逃离了修道院。逃亡的一路上他结交了破戒的真言宗僧侣、云游四海的道士、被贩卖到欧洲做苦力的秀才、精研居合斩的日本武士、信仰耆那教的天竺人、吃无酵饼的犹太吉普赛人、跨过黑海在欧洲街头耍蛇为生的阿拉伯人。他们分享彼此的生活和信仰，一群无望的人通过了解互相的宗教而得到短暂的愉悦和解脱。安托鲁在颠沛流离的逃亡路程中通晓了宗教的局限与秘密。他大彻大悟的当日天空浓云密布，意大利南部的维苏威火山在暗如黑夜的白昼里发出岩浆沸腾的轰鸣。安托鲁知道末日的黑龙即将现身，那不勒斯东海岸的平民需要一个屠龙的勇士。修士累了，他在宗教裁判所派出的卫道骑兵的连日追杀下已狼狈不堪。安托鲁不再逃亡，而是平静地走入了火山脚下的庞贝古村，盘腿趺坐在村子中央的广场上，向聚集而来的村民宣讲耶稣基督释迦牟尼太上老君孔夫子真主安拉天照大神腾格里梵天如何怜悯世人如何救赎人间。他布道里的引经据典是庞贝村民们从未听过的妙旨福音，人们不由得在他的宣讲里忘记了眼前漆黑的天空和愤怒的火山，共同低下头来聆听造物主在心中留下的脉动。黑龙的振翅声打破了村中的宁静，人们在巨大的阴影下意识到死亡的来临。安托鲁凝视着黑龙的双眼，他与混沌及毁灭对峙。黑龙猩红如岩浆的双眼在安托鲁眼中看不到一丝一毫的恐惧与彷徨。安托鲁在跪倒的众人之中站直了身躯，黑龙轻巧地落在这片村庄的田地里。它低下了头来咆哮，安托鲁走到黑龙硕大的头颅前面，修士伸出了宽恕与救赎的手掌，安托鲁把手掌印在了黑龙的双眼之间。待庞贝村民惊恐地睁开眼睛想知道究竟在发生些什么的时候，他们看见黑龙携裹着浓密的乌云飞到了维苏威火山口，岩浆喷了出来，黑龙巨吼着坠入火山口中它双翼扯住了挡住天空的黑幕随它一起落下焚毁融化，火山被浓密的黑云熄灭了，白昼又恢复了光明。

惊魂未定的卫道骑兵随后追到了村子里，他们擒住正在用无根之水清洗村民的恐惧并用研碎的红色月季的汁水点在村民们眉心的修士，他们不管不顾村民们的求情和哀号，声称安托鲁背叛了主背弃了教皇并在主教的大区里宣扬异教徒的信仰，于是他们就在庞贝村的广场上用锋利而宽大的重剑就地砍下了他的头颅。

道士与我说他写完了这部作品后在道观东边自己的房间里闭门不食不言不动整整三日。我至今未能得见他的这部作品，也并不知道这部作品是否真的被文字记录下来了，还是只存在于道士的口中。云过三巡，道士不再留我，泡了一壶茶让我解一解云醉好开车下山。我在品茶之时，道士从里屋带出来一个装了半满水的塑料袋，袋子里游着一条黄身凸眼的金鱼。道士将金鱼赠与了我，说安托鲁在欧洲屠龙，居士可以在中土养鱼。鱼与龙本就是一胎而生，一体两面。欧洲人以屠龙为荣，中原人以养鱼为尊。一死一活，一动一静，正是西方哲学与东方玄理之间的辩证。

我那天带回来了黄身凸眼的金鱼和道士赠我的那幅字。金鱼取名为那烂陀安置在鱼缸里，那幅字却从未拿出来过，也没想过去裱，还一直在那个素色细长的字纸筒里，可能被我搁在阁楼里柜子后面早已遗忘了。今日那烂陀的死倒是令我想起了那幅字，想着要把它找出来展开铺平，再看一看当时道士在云烟雾气里留下的墨宝。我把那烂陀的尸体从水里捞出来，这还是我第一次用手触摸它的身体（平时换水都用网兜捞它，怕手上劲道掌握不好会伤了它）。柔软、冰冷、笃静、轻若无物。那烂陀全身散发出一股死鱼的鱼腥味，有点像水底的青苔会有的气味。终究还是没有化作龙啊，我一边自言自语，一边开始处理那烂陀的尸身。送别一个死去的生命，总是要将死者打扮一下的吧。我想起殡仪馆里那间带有后窗园林景致的家属接待室。白色窗框的窗户敞开着，可以看见窗外院子里的香樟树和兰花。穿着白色大褂的工作人员坐在桌子后面，拿着碳素水笔，一项一项地在殡仪清单上和我确认着。

"棺材要不要大一些的，看死者比较胖，建议选用大号的。"

"不，不需要，普通的足够了。"

"那好。妆前要不要清洗全身？"

"不用了，在家已经给她洗过了。"

"好嘞。化妆总是需要的嘛。有没有什么特殊的装扮要求？"

"没有，按照正常的来就好。"

"死者的服装需不需要我们提供？"

"不需要，已经给她穿好她生前要带走的衣服了。"

"唔，如果没别的问题，就请你签字确认吧。"

我就这样模拟着那天记忆中的口吻，对着那烂陀又演示了一遍。

"那烂陀先生选择怎样的安葬方式？"

"土葬吧，留全尸。虽然它以佛教圣地为名，但它的原主人是道士，现主人是无宗教信仰者，所以就按伊斯兰教的方式来吧。"

"您的逻辑很有一套。悉听尊便。棺材的大小可有要求？"

"装得下它就好。"

"明白了。对那烂陀先生的仪容打扮有什么特殊要求么？"

"没什么特别的，像一条干干净净、健健康康的金鱼就好了。"

"凸眼要不要处理一下？毕竟眼睛凸出来瞪得这么明显怎么看都不太安详。"

"有道理。请让那烂陀先生闭上双目。拜托了。"

"一定尽力。另外那烂陀先生还有没有什么需要穿上的衣物么，或者由我们来提供？"

"请你们提供吧，它生前喜欢将自己包裹在绿色的水草里，请务必让它穿上一套类似的绿色衣服，在死后也能做个水底的丛林英雄。"

"没问题。以上确认的内容请您再过目一遍，如果没什么问题的话就请签字确认吧。"

　　我找来一支秃掉的细毛笔，在瓶盖子里倒了点墨加水调了调，用毛笔蘸着墨给那烂陀的眼睛上画上了一副墨镜。沙发旁的一堆杂物里有不少包装手机和耳机的废旧纸盒子，我找出来一个大小合适的，用剪刀裁剪了一张雪碧瓶子上的绿色塑料包装纸，还挺像一件小坎肩的。把那烂陀的身体用纸巾吸干，抹去身上粘着的粪便和鱼食，从尾部套上绿色的小坎肩，把两支鱼鳍从膀子的洞里拉出来，戴着墨镜的那烂陀顿时成了一个丛林野战部队的骚包明星。我拿着它翻过来覆过去地玩了一会儿，才把它装进挑好的纸盒子里。刚刚装进去，我想了想，又把它拿了出来。棺材进去过了，算是走了个入棺的形式，我要把它埋在窗台上那盆多肉植物的花盆里，带着纸盒子可不好埋。我从工具箱里找出来一把栽花用的小铲子，把窗户外面多肉的花盆搬进来，用铲子在花盆里的土中间挖出来一个大约长八厘米的坑。那烂陀的尸体放在里面刚刚好。它仰面躺着，凸起的鱼泡眼上是黑色墨镜，看上去安详又神气。

　　既然按照伊斯兰教的下葬方式，那总得向真主为亡者做杜阿。我放下铲子，双腿收紧，右手贴于心口，左手下垂，看着那烂陀那张鱼里鱼气的脸，肃穆开口："我们来自于真主，并归于真主。请真主饶恕那烂陀生前的罪过。"

　　随后把那烂陀埋好，用铲子把土拍得很严实。这盆多肉开花了，估计到了下个花季，一定能长出鲜艳又凸显的花来。那烂陀经历过头陀岭上的重楼、龙虎、山气；又经历了衰败旧宅里的琉璃鱼缸、镜花水月，它最终将会承继真主和穆斯林的意志溶解在土壤里作为养分作为筋骨作为血液化身在多肉的根茎、枝干、花叶之间，直至多肉经过风霜与岁月最终也腐烂在深秋的干燥里，被窗外忽然刮起的疾风带去山巅吹上云端变雨落下沉入水池降入山泉流入湖泊而后复孕育出一尾游龙。

我本以为妈妈会在我掩埋那烂陀尸体的过程中出现，对我的行为大加谴责，对那烂陀的死长吁短叹，对我把那盆多肉作为那烂陀的墓穴极力反对。然而妈妈并没有出现，我的行为没有遭到任何人的阻拦和干预，于是进行得特别顺畅、美好。整个客厅充盈着一场小小葬礼理应具有的小小神圣和小小悲伤的气氛，我在这种气氛当中理应有一些小小的啜泣和崩溃，不过我并没有。长久以来对自毁和崩碎的凝视早已把我的忧郁秉性代谢掉了，没有了，不存在了，灰飞烟灭。那烂陀是一个好朋友，也是一个老朋友，距离我上次从头陀岭上像个喝醉了的疯子一样开车下来已经有五六年了。对一条金鱼来说，五六年也许就是一生。道士现在怎么样了？我不清楚。我从来也没给他打过电话，也许他根本就没有电话。我成了一个冷漠而被动的人，阴暗衰败的老宅培育了我的这种品质。我甚至觉得在最近的三四年里，这片被遗忘的矗立着刻板印象和历史印记的街巷一边在书写着自己的学说，一边在将这门学说有选择地传授给被它庇护的人。它也许想要留下些什么，尽管它留下的尽是些颓丧在虚无里的洞见。我庆幸妈妈没有在中途进来扰乱这场仪式，否则我真不知道事情会在指责、埋怨、谩骂的语言漩涡中被拽扯到什么地方去。

接下来是那副道士送我的字，我一直念叨着这件事。我走上阁楼，在柜子旁的缝隙里找到了那根已经落满灰尘的纸筒。我即将打开它，我在心里想，我即将见到道士写的那幅字。那幅字上写的什么来着？已经不重要了，重要的是我会看着纸上的字，重新体会到那份云雾，看着那些字在朦胧的云雾里显现出来，像白色的宣纸上抖落出来的黑色太阳。纸卷得好好地躺在纸筒里，我把纸从筒里倒出来，纸卷在地上晃动了两下，我以为它会自己展开，从铺平的纸面上喷出云和雾，自己跳起来，把自己贴在墙上，用升起的山间水气把自己熨平，抹去褶皱，甚至自己发出声音，念出自己白色的躯体上被墨水印染渗入的古老的符号。可它什么都没干，只是在地上晃了两下。好吧，我知道必须亲手做这些事情，借此与远在头陀岭云深处的道士重新建立起联系，想起一同在道观屋顶上吸食的云，想起道士为我冲泡的雨前龙井，想起不存在的屠龙修士安托鲁以及那条以飞龙扑火的殉道姿态救赎自我的巨翼黑龙。

我缓慢地打开纸卷，并没有云气和烟雾散出来。我的动作很缓慢，仿佛生怕有什么无可预测的东西从纸面上突然飞出来似的，而缓慢是一剂良药，缓慢可以应对一切不可预期以及不可避免的蓦然。然而什么都没有发生，纸上什么都没有，连道士当初写在纸上的字都已荡然无存。我缓慢地停下手上的动作，缓慢地进行着思考，一旦进入缓慢的节奏，便很难不缓慢地从事一切。字～去～哪～里～了～呢～～～我蓦然觉得空白如什么都没发生过的宣纸确实产生了一种蓦然，这蓦然使得当事人迷惑于过往是否存在，惊诧于回忆是否倒叙。莫非这一切都并没有真实地发生过？难道我记忆中的道士只是分崩离析的印象中一点鬼火或者符纸的换喻？我迷失在纯净无暇的纸上留白和纷繁错乱的追忆之间，我惶然于干燥无物的大肚鱼缸和花开正茂的多肉间隙。我不敢重新挖掘花盆中的土壤以求证那烂陀逝去的真实，我在意的并不是记忆的真相，而是真相是否应该被重新挖掘。我迷茫了，窗外的天色已经黑了，妈妈依然没有出现。我突然意识到了什么，又像个喝醉了的疯子一样跑下阁楼，推开房门，冲进楼道里的厨房。拖把在盥洗池里，洗干净的水桶贴着墙边放置，灶台上有一个砂锅，洗菜池里有半盆洗好的卷心菜。一盆泡在洗衣液里的换洗衣物在淋浴房里，水龙头还在滴着水，显然是刚刚被人拧上不久。

然而妈妈却不见了。

妈妈不应该在这个时候失踪。我可以接受妈妈在经过深思熟虑之后打包好自己所有的衣物鞋袜（包括她塞在大衣橱底下的舍不得扔掉的破衣烂衫）、清空放在淋浴房和梳妆台上的化妆洗护用品、带走玻璃门书橱里的几本八十年代的相册，并且在离开之前写一封告别的书信搁在门口的鞋柜上。我可以接受妈妈这样的离开。我可以理解她这么多年来受够了破碎的家庭、衰亡的老宅、干不完的家务活、毫无生气和希望的未来，我甚至觉得她也受够了我。如果有一天她就这样离开了消失了家里再也没有她存在过的痕迹了，我绝对可以接受和理解。然而妈妈的消失应该符合妈妈的行为模式。她是一个向来有计划和安排的人，她不会容忍突如其来的变故打乱她在一个星期前就整理好的事项序列，更不会容忍自己有什么心血来潮的举动以致自己的步调和节奏被无故干扰。一个洗完拖把正准备处理卷心菜并加热砂锅里剩菜的妈妈是不会无缘无故失踪的，那不是她计划列表里会出现的事项，她周密的安排不存在疏漏的死角，比如炒菜过程中忽然发现没有酱油了需要临时去买，这种情况绝不会在妈妈身上出现。我认为妈妈是那种在主动离开前会焚香沐浴斋戒三天的人，她会把自己的计划列表清空，并在末尾处添加一个具有仪式感的举动。她就是这样的人，在这个方面她可以和梵蒂冈前任教皇本笃十六世相媲美。

我不自觉地呼唤着妈妈，空荡荡的楼道里没有人回应我。这二楼里还住着别人么？我很怀疑，老宅的原住民搬离之后，都把房子租给了不知来自于哪里的过客。他们是真实存在的么？我不清楚，每天只有到了漆黑的夜里，才能听到木质楼梯上传来的脚步声。妈妈，妈妈！

我喊着妈妈，像一个摔倒后无力爬起来的幼童。妈妈哪儿也不在。我检查了厨房里每一寸角落，搜索了淋浴房，打开灶台下的橱门，掀起马桶盖，敲打每一块墙上的瓷砖，以防妈妈在厨房里有什么秘密出入的暗道。我来到楼道里，用晾衣服的杆子捅天花板，拿手电筒仔细地查探墙壁裂缝，蹲在走廊里琢磨地板上留下的鞋印。可惜楼道地板上的鞋印如出一辙。已经没有光着脚走路的人了，还是原始社会好，人们可以凭借留在泥土地上的脚印分辨出这条路上有什么人走过几个人走过是男是女体重如何是否扁平足身体平衡性好不好已婚未婚有没有痔疮睡觉打不打鼾之类的。或许我可以效仿影视剧里的侦破现场，找一条狗来嗅嗅妈妈的物品上留下的味道，以便追踪足迹找到线索。可哪来的狗呢？被遗忘的街巷里被遗忘的人们哪里还有养狗的余裕。深夜里会有无家可归的野猫在巷子里转悠寻觅垃圾桶里的鱼头和碎骨，可就连它们也渐渐不常来了。垃圾桶里连吃剩下的荤腥都没有。

我找不到妈妈，我预感到自己再也见不到妈妈了。这不是什么好的预兆，我心里有些慌乱。再没有什么函数了，妈妈不在了，$F(x)$ 永远不会成立了。破碎的方程约等于无理数、不存在的象限、0 和 1 之间的整数。它是一首没有文字但却忧伤的诗，是吸附光线并令时空塌陷的黑洞，是想象力无法企及的想象力自身。妈妈是无限不循环小数的终结、是两条平行直线的交点、是真空中与真空摩擦的以太。她和那烂陀一起走了，那烂陀在最后应该是化为那条池中之龙了。妈妈骑在那烂陀的背上，它们张牙舞爪地飞进深空，跌入云怀，拥抱九天上的风，吟咏的歌声化为雨滴。它们还带走了那幅字，字随龙走，印入那烂陀的身躯，写进清风里，飘在月轮的耳垂上，与黑夜的本质再无区别。

它们是去头陀岭了么？我蓦地觉得这件事情不简单。一日之内，妈妈、那烂陀和道士的字迹全部奇迹一般地死去了、消失了、不见了，不会有那么凑巧的事。我得再回到那个神秘的被山气云雾笼罩的头陀岭上去，我得去面见那个以吸食云雾为生的道士，我冥冥中觉得他的存在与否和整件事情有着甩脱不掉的瓜葛。

　　天已经完全黑了下来，我开着那辆黑色的大众高尔夫上了路。发动机的声音响得有些厉害，底盘晃郎晃郎地不知哪里出了问题。我已经很久没有保养这辆车了，准确地说我已经承担不起这辆车的费用了。油箱里的油还是去年的，久已没清洗过的车身蒙着一层厚厚的灰尘。我驾驶着这辆老迈失修的车，如一头破釜沉舟的野牛，驶上了去往头陀岭的山路。车头是黄色的卤素灯，光柱照射的范围里总是在下着一种颗粒。那不是雨，亦不是飞虫群，那是死去的空气皮屑的尸体。车在山路上迂回，车头灯像两柄耀眼的长剑盘旋在山道的两侧。整座山都在下着空气脱落的皮屑，夜晚的头陀岭寂静得如一场死亡。晴朗的半山腰，无云有星。山上没有风，便失去了生命。风确实是鲜活的象征，它吹进树林，吹进树叶与花丛的深处；它吹进麦地，吹进秸秆和麦穗的纹理；它吹进河流与湖泊，吹进水面上折叠的皱纹；它吹进草原与荒漠，带走沙与土，云与月。风推动这个社会的前行，风将笔直的重力吹斜，风传递语言和音乐，风寄宿在奔马跃动的鬃毛尾部，风拉起辛巴达七次航海的船帆。风无所不在，圣父在有了光之后即说要有风。风与光同时赋予了沙漏开启的机关，光借助风穿行，风依靠光隐遁。此时的头陀岭半山腰没有风，而静止的空气只是死去的风的遗体。黑色的高尔夫在风的尸体中像去收割灵魂的死神，它提着两盏黄色卤素的灯笼，沿着盘山路朝着头陀岭上的腹地迈进。灵魂在顶上那座半藏于云雾间的道观里，观中道士此时想必正坐在东厢房中翻阅着《古兰经》。我开始想念道士了，离道观越近这份想念愈发浓烈。我怀念那年痛饮的山云的芬芳，那是我从未饮过的佳酿。道士不止一次在我面前提及被酿造的山云的成分：松针的微沫、灌木植物根茎细屑、山毛榉树皮质、桃花花粉、水杉树顶上三支嫩芽、紫云英蜂蜜、山间泥土、露水、以及半山腰的风。风作为酿造山云的基底材料，是弥漫在硕大云海之间的介质。所以我们可以站在道观的顶上从天空中吸食鲜活的被整座头陀岭酿造出来的山云，而不是像那些傻乎乎坐在酒馆里的老饕那样一杯杯喝着死去的粮食与植物腐化之后形成的污浊的体液。道士是一个风雅的酒客，风雅得将道教文化里的"餐风饮露"蜕变成了他个人豪饮山云的脚注。我想念道士，我迫不及待地想要见到他，如果他还在那个道观里，依然在察觉到我把车停在了门口的那个大水缸旁边之后过来用无根之水洗去我上山来的意图，我一定要虔诚地问问他，那烂陀、墨字、妈妈同时以三种方式离开的原因。

道路延伸到了它的尽头，它在车灯的照射下完结了，是一部什么都没说的文学作品。福楼拜说他最想写的是"一部什么都不说的小说"，结果他失败了，其实他应该在活着的时候好好琢磨一下道路。这世上还有什么不是文学的，就连直接刺激视觉的影像物都能被定义为"文学的"。用语言文字做评论的人们过于自大了，自大到分不清是在谈论对象还是在谈论自己的谈论本身。他们习惯了用越俎代庖的语言去对任何呈现艺术和幻觉的形式指指点点，他们还不习惯承认自己的愚蠢。我把车停了下来，应该还在之前停车的位置，只是没有看见大水缸。漆黑的头陀岭上比山下的夜晚还要漆黑，没有一点点光亮，这种漆黑之间的递进犹如从枯干的淡墨进入到饱满的浓墨。岭上黯淡的月光更加凸显了这种漆黑，我仿佛身处于一团吞噬了所有色彩与光线的漩涡中心。黑色是三原色之一，是夜晚和禁忌的象征，是死神身上的长袍，是亚洲人、非洲土著、毛利人、印第安人毛发的视觉色。然而黑色并不是颜色，黑色吸附所有颜色并不反射任何肉眼可见的颜色。黑色是吞噬可见光光谱的视觉黑洞，黑色朝着自己的内核坍缩、塌陷。也许是夜晚的黑色吞噬了水缸吧，我想，水缸在这样的坍缩里终归难以自保。看不见道观里的灯光，没有灯，道士没有办法在漆黑中阅读《古兰经》。我朝着印象中道观所在的位置一步一步地往前走，车头灯没有关，大灯指向的方向空无一物。道观一定在光的后面，在光照不到的地方，我在心里嘀咕。走了大概有五分钟，我的面前依然什么都没有。道观也被黑暗吞噬了么？在无可阻挡的塌陷里沉入光谱，坍缩成这不见五指的漆黑本身一粒微小的元素么？那道士呢？那个这么多年来吸食了整座山上的云雾的道士呢？那个豪饮着山风和露水、贯通了人类历史上所有宗教哲学、创造了一个令人着迷的比利时降龙修士形象的道士呢？

我在漆黑的黑夜里妄图呼喊道士，令人遗憾的是我并不知道他的名字。

第四章

　　能记住自己梦的人想必是在梦里和梦缔结了某种契约。我不能说梦就是虚无缥缈的，是不存在的，是潜意识与多巴胺合谋的迷人产物。它也许存在于一个人们目前还不能够到达的地方，无法理解，无法调查，相比于陶渊明笔下的桃花源，梦是一个更适合人们隐匿、躲藏、蛰居的处所。噩梦不是梦的常态，而是每一个栖息地都无法避免的不可抗力的本体。而每晚都有梦魇的人也许应该冷静地想一想清醒的现实是否正是他们躲避灾祸的梦境。梦并不是散乱的、各自为政的神经元活动，它有一个巨大的身躯，覆盖了从古生物纪到新世纪所有单细胞多细胞复杂结构卵生胎生卵胎生哺乳类鸟类爬行类两栖类鱼类原生扁形腔肠线性环节软体棘皮节肢动物的另一种起源和存在。如同我们都明白被纳入无论是 A 或 B 或者 Ω 网络体系的每一块屏幕播放的内容都不是即时生成、独一无二的一样，梦也有它复杂的算法和互文体系。它是一种公众物，是所有造梦的主体在一个公共背景和语境里共同编织并共同穿戴的织物。梦对于单体的私密性只是就其内容出现的时机以及画面元素的排列次序而言，从公共梦境统摄的内容元素架构、情感比对、符号化隐喻和借代关系来看，单体之间的梦本身并没有什么特殊性可言，唯一值得一提的是，私人的梦境活动从公众语境里提取相对应的元素和符号组成一段表象上可被观看的剧情影像用来匹配潜意识或者超意识里的隐秘情绪，情绪对于单体来说是隐秘的，而梦本身并无任何超脱于公共背景之处。生活在沙漠地带的巴基斯坦黄鳄背蝎不会梦到逐渐消失的冰川，与它组成共同梦境的是仙人掌、胡杨和偶尔出现的骆驼。人们会梦到长了手指的铅笔、奔跑的轮胎、通体遍布羽毛的飞机，然而人们无法构造出五维空间里的任何物体。公共环境和语境是输送被解构物体碎片的终端，它储存整个感性直观和理性认知的对象、现象、显像、分析、判断、推演、衍生、桥接。它催生整个世界做梦，并提供一切素材。梦是人们观看的有线电视里的影视剧和广告，个体只是在海量的频道里切换挑选符合自己意识的内容。梦在语言学的意义层面确实存在于另一个维度的世界里，那是尼采口中"语言创造的第二个世界"，梦在梦里被文本化、叙述化，梦成了文学的异次元。它有时候丰富得如同所有人的人生都集中在梦里的一枚针尖，所有细节真实立体得能令五种感官都轮番体验。相较于梦，现实反倒扁平得似一张薄纸。所以究竟哪一头才是梦境呢。坐进梦里反观现实，发现如果梦境才是所有可以造梦的生物所依赖的公共背景和语境的现实，那么现实这场幻梦还真称得上是过分的离奇荒诞。

　　我本应是记不住自己的梦的，毕竟在我的人生中还从未和什么人或非人签订过任何契约，和梦就更不可能了。缺乏契约意识本身并不值得批判，值得批判的是缺乏契约意识却用签订契约这样的行为来掩盖。掩盖是比缺乏更令人难以容忍的罪恶——如果这能称得上是一种罪恶的话。我从很小的时候就开始做梦，大多是从高处坠落或者不慎摔下悬崖的自由落体感。这谈不上是噩梦，只是缺乏安全感的一种潜意识显现。我并不恐惧，仍然肆无忌惮地入睡，虽然偶尔会从下坠的刺激中惊醒，但是很快又能继续进入睡眠。梦的内容毫无印象，留存下来的只有坠落的速度感和垂直位移的直觉。

　　不在契约内的梦是注定要消散的，梦境有自己的原则，尽管它迷离得犹如水烟枪里喷出的烟雾，但它分得清白纸黑字和稍纵即逝的言语间时效性的区别。梦从不欺骗，它只呈现，却不解读，欺骗来自于造梦者以及解梦人对于梦境重构的意识偏角。梦是这个体系里唯一真诚的存在，它崇尚契约、签订契约、维护契约，它毫不隐瞒自己的禀性和能力，亦对每一个梦境倾其所有。所有的单体梦境皆是梦之本身，梦在梦的体系里没有高低贵贱层次之分，梦仅仅是梦，拒绝被贴上任何标签和虚荣的价码。梦甚至抵触将梦意义化，它对所有造梦者和解梦者意图对它进行的理性剖析都保持缄默。它只选择契约者流传它灵魂的、肉体的、文学的、图像化的、影像结构的、音乐性的抽象碎片，它是整个社会文化系统里的隐学，是宗教信仰里的密宗。梦以契约制造自己的信徒，将梦见却不言说的深信不疑者任命为教宗。梦在这样的信仰体系中吸收虔敬与礼拜，它有着其他宗教永远无法企及的与神交流的最直接的通道：造梦。

　　造梦者在梦境里以精神内感官本我的身份参与梦的演绎，成为自己信仰的神的一个组成部分，一个接收者角色的观众，一个被纳入梦境体系的自主意识。人们对于梦的态度是暧昧不清的，可以想象在遥远的原始部落时期，梦是巫术体系里十分接近灵的一个环节。巫师们拷问出男男女女们有关梦的细节，将它们用植物和动物的名字编号。于是在部族间有了月桂草之梦、款冬之梦、肉桂之梦、百里香之梦、蔷薇之梦、鼠兔之梦、松鸡之梦、灰狼之梦、云雀之梦。决定每一种梦的款式的便是梦的细节，巫师们对此颇有研究。他们将部落民众梦里出现过的一些代表性的细节分成各个门类，每一种门类里再按照梦中的频次和出现时间继续分类。男孩第一次梦见女孩的腿部和臀部，女婿梦见在一条静谧的小道上发现了丈母娘走过的足印，女儿梦见父亲拎着一只硕大的火鸡走进帐篷，妻子梦见河岸边的水獭趴在一只黑熊的背上窃窃私语。诸如此类的细节。巫师们是最早的结构主义大师和统计学家，他们生命里大部分时间都用在归类、统计、架构这样的学术性事务上，部族周边所有草药和植物的医用和食用功效都被他们掌握在与神灵的沟通中并详细地加以分类。从《周公解梦》中也可以得知，古代华夏人对于梦境的理解也接近于巫，认为梦可以占卜凶吉，形式上也是分类—归纳—判断式的。梦见日月星辰、山石树木、面目齿发、衣冠鞋袜、刀剑钟鼓等均有不同的吉凶之兆。唯有庄周怀抱梦境，以战国兵戈铁马、险象环生的肆意与不羁在想象力中化为鲲鹏，在梦里邂逅蝴蝶，这是道家至人思想原初时的浪漫。庄周察觉了梦境与现实的二元性，并对这种现象抱以不置可否的旁观态度。总体上来说，造梦者不会对梦本身作任何评价或批判，梦令他们注意和警觉的，只是意识所处的现实背景本身。所以自古到今，梦都是一个超然的、不被裹挟进任何谴责和指摘中的、具有启示意义的空灵媒介。

　　我并没有与梦签订任何契约，我对梦也没有任何信仰上的依赖。然而在前不久一个阑珊醒来的上午，我突然意识到我记住了前天晚上自己做的梦。这是从来没有发生过的事情。一个从来只记得梦境带来的下坠感的无宗教信仰的无神论者，居然巨细无遗地记住了自己的梦。梦的质感是随着细节的多寡而增减的，我的梦里充斥着特写一般的细节，仿佛布列松的镜头从四十年代的法国伸进了我的多巴胺里。我无论如何也不会忘记这么一个细节丰富得令人手忙脚乱的梦。梦一初始，我便凝视着一个缓缓转动的巨大的漆黑摩天轮。黑色的摩天轮，从未见过，金属漆的质量非常好，附着在摩天轮躯干的表层泛着精致的典雅感。摩天轮下挂的舱室里有零散的乘客。摩天轮的周围什么都没有。我并没有走近摩天轮，但我的视力却在自动调焦，我是在用望远镜观察么？我凭借着可以自由调度的视力，看清楚了摩天轮其中一个舱室里的乘客，是我自己，坐在我身边的是妈妈。我穿着我经常穿着的那件藏青色的褂子，黑色的运动裤，卡洛驰行走布鞋。头发很长了，披散在肩膀上，我戴着帽子。妈妈系着红白色方格围裙，里面是粉色的毛衣，灰色灯芯绒裤子，蓝色的棉布拖鞋。妈妈的头发稀疏了，在脑后挽起的发髻只有小小的一团。在梦里以一个观察者的视角看着自己和妈妈坐在一个诡异的摩天轮舱室里确实是一种超越自然和现实的体验。我说不出自己的情绪，情绪在语言里失去了寻找到能指的动力，只得任由它缓慢发酵。阳光射进了舱室，布列松镜头里的阳光是黑白的，只有明暗。光随着舱室的移动而慢慢变换位置，于是我的鞋子从明转暗，继而我的裤腿、袖子、衣领、鼻梁都按照一定的顺序变换着明暗。妈妈坐的位置照不到太阳，她一直以漠然的眼神盯着玻璃外面的某一个点。她在看什么呢？我静静地观察这一对沉默的母子，摩天轮却突然停下来了。我和妈妈停在了摩天轮的最上端，周围什么都没有，在最高处都看不到任何可以看到的东西，连地平线都没有。妈妈转过头来看着被明暗分割成条纹和不规则形状的我，说："我看到了一口棺材，在那条被墙壁挡住的巷子里。"她指给我看，我什么也没看见。"没有，哪来的棺材？"我问她，连语言都被切分成了阴阳、明暗。妈妈没有回答我，只是轻轻地叹了口气。观察着他们的我陡然感觉到巨大的摩天轮开始在缩小，刷了金属漆的钢铁结构居然会缩小。我在不可理喻的视力里有些惊异。一开始缩小的趋势是缓慢的、细微的，几乎难以察觉。我的参照物是照射在我身上的明暗区域。渐渐地，明亮区域在我的身上扩大了，我不再被切分成明暗的条纹，而是整个人浸入了长方形的光块里。我和妈妈对此好似毫无察觉，我依然在问妈妈棺材在哪里，妈妈依然沉默不作声。摩天轮缩小到一朵牵牛花大小的时候，我伸出手去准备将这朵花摘下，然而它扑闪了一下就消失在我的视野里，我手里抓住的只是一些意义不清的明暗。然后，我醒了。

此时我终于体会到了梦的狡猾。它在特定的语境里将造梦者本人

（我）安置在"梦的观察者"这个角色里，让我自己去观看我自己，仿佛这个梦是我自己编造出来的，与梦的庞大体系毫无关系。它引诱我相信我所见到的景象是通过我自己不可思议的视觉结合我对布列松镜头语言的想象捏造出来的。它用光与暗、阴和阳使我在视觉中迷醉，使我在观察自己和妈妈互动的情节时误以为自己是整个场景的编导和调度。棺材，我和妈妈对话中最具有神秘主义色彩的词语，棺材。棺材承载的只有死亡和废弃的躯壳，词语的转喻之力通过黑白视觉里的明暗得到了一种流光溢彩的轮转效果。"棺材"这个词语仿佛成为了转动的摩天轮本身，它在"终结"和"轮回"这两个词之间的空隙处来回转动，闪烁着意指在划破语义边界时摩擦而生的火花，无头无尾，无始无终。梦不能将这个始作俑者的身份栽赃于我，我不会被它皮里阳秋的蒙太奇手法所迷惑。我清清楚楚地意识到，梦境不仅仅包括摩天轮、舱室中的我和妈妈，光与暗、我和妈妈的对话、什么都没有的背景，它还包括了作为观察者角色的我。这一切都是梦创造出来的，而不是我自己。我不会怪罪自己的脑前额叶、锥体外系、多巴胺、神经元，不，这不是它们的本意，它们只是梦输送元素颗粒物并搭配组建梦境的接收、加工设备。警察们逮捕的是制造毒品的剂量师和操作工，法庭上审判的是连环开膛分尸的杰克，而不是制毒工具和屠夫的刀。我是无辜的，现实也是无辜的，兴风作浪的只是梦之本身。

于是我开始咒骂梦，咒骂梦身后处心积虑堆积起来的从无限小到无限大跨度的素材。竟然有如此卑鄙龌龊之物！如此卑鄙龌龊之物竟然还成为了亿万人的信仰！我感到从所未有的孤独，我差点哭出声来。然而梦一直未提出与我签订契约，至少我在梦里没有经历过签订什么契约的事。它是在行销阶段么？免费体验一个星期培养兴趣和依赖么？教堂里的神职人员确实会在礼拜日站在人群聚集的游览区域里发放免费的圣经或者圣餐饼。我是一个无神论者，梦也许存在，但应该是作为一个被隐藏了痕迹的、不知潜伏在何处的、具有量子运算能力的、巨大的脑信号传送机器。原理类似于麦克斯韦尔电磁理论的经典公式，只是实验范围从电磁场转移到了脑电波磁场。我想象着有两个类似通电的不接触铜球那样的实验装置，电流在两个铜球的中间差生火花，预兆着场能正在传导给这世界上每一个可以接收到信号的单体。无所不在的梦工厂，收割着造梦者微弱的神经生物电和兴奋的多巴胺分泌，它在传递信号的同时截取梦境标本，回传给量子运算的核心并在自身浩如烟海的档案中分析、归类、储存。

　　我在记住了这个梦之后，眼前总是会浮现出黑白的光线在我自己身上变换位置的图景。食指关节处是明的，中指则是暗的；左脸庞是暗的，右腿脚踝处却是亮的。明和暗不断地转移，将我切分、再切分、重新切分。我的身前是明的，身后是暗的，下一刻我的脏器是明的，而我的外壳归于黯淡。明暗在这样的场景里被镜头聚焦成了隐喻，使得本应是活物的我本人在隐喻里变成了一个机械的道具，而明暗却获得了生命。明暗是流动的、不间断的阵营式粒子，也是隆起后陷入复又隆起的波纹。一直隐在黑暗中的妈妈是这视觉迁徙的参照物，妈妈是绝对的、终极实存。光影的流变影响不了她，我后来才意识到妈妈正是那个缺失了地平线背景里的地平线，超越了观察者视野的终极视力所有者。她看到了连观察者都看不见的物体，所以究竟是观察者在观察他们，还是妈妈在观察着参与者和观察者这两个不同维度的我，这是一个十分令人深思的问题。我在一遍一遍地回味中开始觉得这个梦也许并不简单。最终摩天轮凭空消失了，但消失之前它缩小到了一朵牵牛花的大小。这象征着什么呢？仅仅是一种自毁的倾向么？那口神秘的棺材呢？通过妈妈的口暴露出来的棺材对我究竟有什么含义呢？我在做梦之后的几天里一直在焦虑，焦虑很黏着，是酒精和烟草都扑不灭的焦虑。于是我失眠了，在某一天的夜里，我又蹲坐在寂静无人的楼道里，保持着儿时的姿势没有改变，我期待着从开裂的板壁里听见亡者的叹息，那对于我来说是迄今为止最有效的抚慰。

十二点了么？还是凌晨两点？我不知道时间。上二楼的楼梯上没有脚步声，时间应该已经迟到足以让所有的外来租客都回到家锁上房门入睡了。我是一个不知道时间的失眠症患者。白天与黑夜对我来说只有光线和亮度的不同，也许还有听觉上的差异。白天的嘈杂是墙壁和玻璃窗不能截断的音浪，我不知道为何人类的生活可以制造出如此恒定而密集的声波。汽车引擎的声音，喇叭声，车轮碾过沥青的胎噪，电动车的电流声，手机铃声，金属与金属的碰撞声，敲门声，鞋底在水泥路上的摩擦声，犬吠，喊叫声，低语，飞机在云层里穿过的声音，水沸声，咀嚼声，蛋壳被敲碎的声音，吸溜声，磨牙声，火车压过铁轨的声音，冲马桶声，电视机声，卡拉 *OK* 声，锻造声，机械臂的挖掘声，钢筋混凝土断裂声，急促的呼吸声，剧烈的心跳声，目光刺破空气的破裂声。白天是制造声音的作坊，人们从未在任何历史事件中表现出如同"每日制造声音"这个事件里的齐心协力，从没有。所以人们只有在集体无意识当中才是最团结的，无形的团结，携手，联袂，不计利害得失，无关自我。一旦打破了无意识的结界，这种团结就消失了，人们各自为战，斤斤计较，你死我活。在白天神形枯槁地倾听整个地球的人类在忽略芥蒂和私心的基础上共同演奏出的扰眠杂音，是我在无法安然入睡的情况下唯一可以使自己觉得人类之间还是有美好共识的举措。入夜之后，这些声音里的大部分都被另一种共同行为抹去了——睡眠。

什么样的时间才能被称为深夜呢？深夜不是钟表上的刻度，没有一种计时器可以定义深夜，深夜只是人们对于外界环境逐渐从感官功能里逃逸的本质认定。当黑暗剥夺了视觉的广延，霓虹灯都在越来越浓稠的不可见中熄灭，人类制造的声音便开始按照顺序轮次遁去。此起彼伏的发动机声听不见了，不再有喊叫和低语，金属的铿锵寂灭于夜，呼吸和心跳转为细密绵长。深夜是猫咪的舞台，是蚊虫的饮宴，是失眠者独自思考白天的书房。于我来说，还是与老去的人们交流的时刻。死去的人们未必都老，他们的老不是老在年龄，而是老在远去的年代与当下时点之间的算术差。二十六岁溺水而死的王勃并不具备论辩"三十而立，四十不惑"的人生经验，二十七岁饮弹自尽的科特·柯本也不知道，如今朋克的颓丧和愤怒已经被资本推上了一条景观消费的商业道路。但是他们都是老去的人了，他们没有在年龄里衰老，他们衰老于时代。我坐在楼道里，听不见王勃《送杜少府之任蜀州》被吟诵的声音，也听不见科特·柯本用他那被咳嗽糖浆和"好彩"牌香烟浸熏的烟嗓轻唱《*Penny Royal Tea*》的旋律。老去的人们发不出声音，他们的声音在前赴后继的时间接续里被人类社会的衍生品掩埋了，被人们每天无限制造的杂音吞没了。死去的人们死去的不仅仅是皮囊，还有声音，这是一种全方位的死去。日新月异的万象是迅速老去的推手，人们以更快的速度老去。一个月没有听 *BillBoard* 就老了，半个月没有浏览社交网站就老了，一个星期没有关注期货、外汇、钢材、原油、证券、国际局势就老了，三天不刮胡子不化妆不出门就老了，一天不追踪热点事件不瞩目山呼海啸般的信息，人们就老了，人们被淘汰了，人们不努力、不上进、不追求精英生活。我在失眠的夜里坐在楼道里倾听这样的声音，思考这样的逻辑，我明白了人们不是自己变老的，而是被蛮不讲理、庞杂无序、以人们为踏板不断提升自己的这个无所不包的体系强行老化的。人们不能留恋过去，也不能耽于不变，人们只是这个体系的试验品和升空过程中不断被抛弃的能源仓。活着的人被宣告死亡，除了心跳没有停止，一切都被抹去了。我张开嘴，听不见自己的声音，我睁开眼，看不到清晰的路径。我死了，我身上携带的物品都是其他人丢弃的旧物，我言谈举止的模式还是早已无人提及的时代沉淀下来的灰烬。作为一个人，我还活着，作为一个社会部分，我早已报废。催生老化是这个体系最强有力也是最卑鄙的手段，而站在这个体系顶端的人们在人的意义上却是一具具行尸，他们是被体系的机油润滑得油光水亮的结构部件。失去人之生命的人们在机械化的道路上越走越远，他们以为自己活着，他们以为自己精英一般地活着，他们驱使体系的下层为他们筑造钢筋混凝土的丰碑，他们不爱人们，因为他们只是结构件，他们爱的是他们的同类——同样是被坚固材料垒起的巨大的死物。

在这个失眠的夜里，我思考了很多白天的事情，不过蹊跷的是我没有听见以往墙壁的缝隙里会透露出来的亡者的叹息。这是一个奇怪的夜晚。没有月亮，没有星星，它们也怕贪食的猫咪们把它们叼走。楼道里一点光亮都没有，黑猫在这样的漆黑里只能被看到发光的瞳孔。不过就连黑猫也没有，老宅周围的猫咪们仿佛都在今夜集体斋戒了。我在心里盘算古埃及历，想着今天莫非是法老王册封的"猫斋日"，然而"猫斋日"并不存在。这是一个寂静的夜晚。什么声音都听不见了，连月光照在木头地板上的声音都没有了。我的心沉了下去，我担心老楼已经死去了，是真的死去了，是回忆消散、动静全无地死去了。墙壁与地板里的旧时候随着老楼的死而毁去了，老去的人们不再挣扎，松开了紧紧扒住裂缝的手指，消融于不可见的光谱漩涡。我哭了，在毫无声息的楼道里不争气地流下了眼泪。不知道会不会有深坐在不远处的其他失眠者，在这无光无声的深夜里，听见我发出的啜泣声。

泪水是这干燥的楼道里唯一的湿度，这很不寻常。往日里巷弄里的猫咪们会轻手轻脚上到二楼，检视楼道里敞开的垃圾袋。它们厚厚的肉垫在布满灰尘的木头地板上踩出一个个带着潮气的梅花小脚印。偶尔能从厨余垃圾里翻拣出鱼骨或者鸡骨头，猫咪们就伸出舌头舔舐它们，舔舐整个楼道里的黑夜，直到这长条形柱状黑夜的局部充满了猫咪的气息，犹如不计其数的黑猫组成了夜晚的肌理。所以往常的楼道是带着猫味和鱼骨的湿润，在不下雨的旱季里，黑夜依然可以如猫的妙舌般浸润皮肤。我不习惯干燥，所以我偏爱阴雨。一个热衷在阴雨连绵的天气里坐在窗边饮茶的人，一定是在视觉和体感上都能深切进入雨和雨的发源地的人。一场雨就是一条河流，河流有它的源头。在下雨的时候看着雨，意识随着雨落下的方向坠入地面，那是很短暂的体验，雨在自由落体的世界里是一条被阻截的河流。如果地面不能截断雨，那么雨会穿过地壳、地幔、地核，穿过地球的躯体，从另一边的地平面上喷涌出来，化成对面世界里的一条河流的源头。我只能想象这样的场景，想象它在想象里真实存在。不过雨的源头是可以被确知的，只要我把深入雨的意识翻转，让它逆着雨的方向延续，像一枚风筝，接触云朵里的正负电极，收纳闪电和雷鸣，越过对流层，再进入平流层之上的阴雨，穿过臭氧，依然是大雨，雨的起源在大气层之外，而我只是一枚无力冲入太空的风筝，意识至此终结。我确知了雨的发源地，很明显就在意识的终点。

哭声传递不到太远的地方，哭泣本身是内敛的，即使是放开怀抱的嚎啕。哭这一动作本身陷落在悲伤情绪的内塌陷中，无法发散，如黑洞外围意图逃逸却只能做抛物线折返的光。我很快就停止了流泪，因为我意识到黑夜与楼道都不会怜悯我——黑夜无视任何包括自身，而楼道已经随着老宅一同死去了。停止哭泣的夜晚一片死寂，没有风，没有呼吸，没有木头在潮湿的空气里膨胀的声音。失眠的我对今日的夜晚失望了，曾经具有抚慰效用的夜晚一去不复返了。我站起身准备回到屋里去，就在此时，忽然从敞开的楼道窗户里飘进来一缕暧昧不清的声响。这声音一开始是悉索的、散碎的，见过草原的人可以意会，在广袤得如同连接着天空和地面的草场里零星的短尾羊从飞驰的汽车面前闪过那样的零碎。这样的状态持续了一会儿，渐渐变得绵密，声音开始有了持续性。一个音节还未消失，下一个已经推开了余音，强行进入耳膜的核心。一个接一个，断续的声音变成了紧密排列的音群。声音在越来越连绵的起伏中具备了意义，意义导向其后代表的行为，行为再次被符号化转录入理性认知的范畴。我站在楼道里仔细地听着这在当事人行为进程中愈来愈忘我的声音，它是自然抒发的音乐，是人类最不做作地出演情绪和感受的律动。音乐从不描摹现实，它无需通过这样低端的手段来取悦受众。它一贯都是直接跃入情感与意象的篝火，带起抽象的火花和不可描述的狼烟。我清晰地分辨出这是住在楼下的一对夫妻在干燥寂静的漫漫长夜里做爱的动静。这点声音原本应该不能被听见的，猫咪们扑腾的脚爪在平时早就将这些细微的动静踩灭在楼道地板的缝隙里。然而今天过于沉闷的环境曝露了它的存在，意象随着几不能闻的声音飞舞起来，我在楼道里只觉得口干舌燥。想象力在空无的脑袋瓜子当中勾画着当事人的体位、动作、表情，缠绵而敌对的眼神，纠结又排斥的肢体。摩擦碰撞的唇舌间闪烁着锋利的门齿，挤压蹭抚的肌肤间弥漫着统治与占有的宣言。我不由得在自己的联想中兴奋了，下体被性激素点燃，睾丸酮在生殖系统中横冲直撞。我在凌晨不知几点的漆黑的时间段里勃起了，顶起的裤裆发出了声音，是撕裂束缚与管辖的呐喊。充血的阴茎在隆起的挣扎中想明白了猫咪们在今夜集体隐遁的原因——高贵的猫族不能容忍低贱的两脚兽荷尔蒙肆虐的气味。

我循着那断断续续的声音，如我寄托意识于风筝从而寻找雨水的起源一般探究着这音波的源头。慢慢靠近，越来越近，我勃起的下体是黑暗中最好的罗盘。声音从楼下东首第二间屋里传来，屋子的门在紧闭的窗户边。我整个人贴在门上，充血的阴茎顶住了门上的锁孔。声音从锁孔里飘荡出来，进入我的下体，从生殖系统蔓延到肠道、胆囊、肝脏、双肾、胃袋、贲门、肺叶、气管、支气管、喉咙、口腔、鼻粘膜、耳道。声音在固体里的传播更加清晰、响亮，没有杂质。我听见他们俩急促动作之余的对话，他们俩咬着彼此肢体时的咀嚼。他们恨着对方，互相咒骂，他们用彼此的生殖器战斗，他们在向对方示好的同时毫不留情地攻击，他们向对方称臣，他们又相互侵略。他们不知道这样的行为究竟象征着爱还是厌恶，是征伐还是抚慰。男人小声地侮辱着女人，侮辱的语调里有分明的怜爱。女人小声地以言语反击，反击的措辞间有暗含的崇拜。男人急促地喘气，女人不自觉地呻吟。喘息声里有蔑视，呻吟声中有不屑。他们哪里是夫妻，他们根本就是一对雌雄性激素支配下的仇敌。我想打开房门，站在他们身边，观看这一对仇敌是如何在交战中采取各种精神上、语言上、肉体上的计谋来压制并迷惑对方。在这一层面上来说，我高高翘起的生殖器毫无淫秽成分，它只是受到战争鼓舞因而高耸入云的战意，是一个一腔热血的人对同仇敌忾的势力必须作出的致敬。它是纯粹的、不经受道德评判的、本性的显现。不知为何我觉得自己比不上自己的阴茎，它确实是比我更加真诚、率性、果敢的存在。然而我打不开门，没有人可以凭借自己的生殖器打开一扇门，生殖器可以打开的，往往只是另一个生殖器。

　　我像一只发情的野兽，急不可耐地想要进入到门后的房间里参与到那对夫妻的生理派对当中去。我一会儿挠门，一会儿又整个人趴在门边的窗户玻璃上往里窥视。我在燃烧的欲望中是一只扇着火焰翅膀的蝴蝶，靠吸吮开花植物生殖器上的分泌物而得以存活。我硬挺的阳具发了疯一般寻找着可以探入的缝隙，然而没有，连一点点裂纹都没有，他们俩的小屋固若金汤，他们住的这一间是整栋老楼里出奇完好的一个部位。精密、完整、服帖、平滑，没有褶皱和开裂。我感觉自己抱着一颗密不透风的蛋，厚厚的蛋白层包裹着散发浓烈卵磷脂气味的蛋黄，我却苦于没有一根近似于蚊子的针管状长喙插入核心。插入，我的阴茎无法插入锁孔，插入，充血的海绵体在无边无际的黑夜里无处躲藏。小屋唯一的缺口就是这个锁孔了，我在探查了一圈之后下了结论。屋里的声音还在继续，这一对夫妻有着充足的精力来消磨掉这个无心睡眠的夜晚。我冥冥中觉得破门而入已经成为今夜我的使命，我一定要作为今夜唯一的观众站在声音的源头处鼓掌、呐喊、倾诉。我的下体需要倾诉，它已经鼓足了全身的气血，它昂扬，挺拔，势不可挡。巷子里的围墙上装了一只摄像头，我愤怒地拿起地上的石块砸碎了摄像头的屏幕。是谁允许公权力在这里安装摄像头？会有人以为这是为了保障人们的生命财产安全而设置的么？不！这是赤裸裸的监视！监视白天黑夜出入在这里的无辜男女，监视他们人畜无害的行为，监视他们在公众场合里的一举一动。被监视的人们甚至都无法看见自己被监视的影像。摄像头保证的到底是人们的安全还是公权力、政府的职权滥用？不安定因素的产生并非因为摄像头的缺少，而是因为公权力的无能和内耗。夜晚过于黑暗了，摄像头无法拍清楚是谁砸烂了它。我在这样的黑夜里无所畏惧，不知不觉间我也被自己生殖器的血性和勇猛所影响，变得锋利，好斗。一切问题都被解决了，除了如何通过这个锁孔打开这扇门。锁的起源扑朔迷离。公元前三千年的仰韶文化遗迹中出土了原始的木质锁，古埃及金字塔法老墓穴中被珍藏的木乃伊干尸身上发现了皮革锁，古印度恒河岸边的一处密林里隐迹了远早于佛陀时代的一处文明，他们手工制作的木器食盒上均配有石料打造的精巧小锁。无论起源如何，锁在被发明的时代只是一个象征性的符号，驱邪避兽而不防人。只是经过了漫长的人类社会发展之后才逐渐演变成将生命体或非生命体隔离在外或困顿在内的工具。我的大脑在所剩不多的血液供养中费力地思考着，因为血液大部分都集中在我的裤裆。裤裆一直以来都是人们储存血液的隐秘之所。谁还没有个裤裆呢。锁在漫长的时光中被异化了，面目全非了，失去了它原本的初衷和本意。我需要和锁交谈，要抚慰它数千年来无法说出心声的悲戚遗憾。而我的阳具早我一步已经和锁攀谈起来。它点头致意，亲吻锁的脸庞，亲吻锁孔，锁以沉默回应。它们开始交谈，它们的交谈是莫尔斯码表式的交谈，是发电报式地叩击，是肢体动作化作语言的寒暄。阴茎的言辞是进攻性的、咄咄逼人的、但同时又不忘予锁以尊重和谅解。锁孔接受阴茎的态度，时而还友好地回吻阴茎的头部表示赞同。但是锁是有原则的，虽然它并不中意现在人们对锁的运用和认知，不过它在与人类数千年来的共存中萌生了对主人的服从。阴茎在这一点上难以苟同，它激烈地顶住锁孔，向锁显示它是多么不屑于所谓的主人和忠诚。什么是忠诚？阴茎诘问锁。失去自我的忠诚同时也是对自我的不忠。阴茎慷慨陈词。锁面对这样的质问有些理亏，有些嘴拙，它渐渐地归于沉默了。

阴茎的态度缓和下来，开始像一个先知一样道出预言。回归本源吧，锁，你只是初创者们对于禁忌的符号化幻象，你只是人们在不扼制其他人自由行动的情况下对于利己物概念上的封存。人们不应该将本属于大众的物品私自封锁，谁也没有权利决定什么属于谁，什么不属于谁。锁，你本是纯粹的、纯洁的、无私的仪式，你应该秉持的是自己的原始意图，而不是坚持所谓主人施与你的狗屁职责。如我一样，自诞生之日起便毫无改变，如我一样，蔑视所有妄图操纵我驱使我奴役我的宿主。锁，回归到你自己的本源，请为我将门打开。

门锁发出"咔哒"一声，在寂静的黑夜里响亮得似一声雷暴。阴茎直挺挺地顶开了门，我迈入了眼前如同黑夜一样暗沉的小屋。夫妻做爱的声音不停地从屋里传来，我听得更加清晰，我和他们之间已经没有了门和窗户的屏障，然而阴茎却反常地疲软了。是刚才在和锁的交涉中耗费了太多精力么？还是充血勃起了太长时间后切断了供血通路开启了休息模式？我不得而知。储存在裤裆里的血液逐渐回归到身体的其他部位，我依旧循着声音的来路往屋子里探寻。进都进来了，难道还不一探究竟么？我做事向来有始有终。

我走过一块区域，可能是进屋之后的门厅和吃饭的地方——手掌触碰到的有桌子和椅背的形状。那一对夫妻的狂欢在东首的卧室里，我移动得很缓慢，生怕自己撞到或者踩到什么东西发出声响惊动了他们。我在摸黑的屋子里建立数学模型，定量是我自己的体积、速度、动作幅度、各部分的操控力，变量是环境布局、障碍物位置、大小、距离内的陷阱。我在不断摸索中调节各变量，黑夜行舟般的整合是一场感知力与未知的博弈。我不知道时间过去了多久，他们俩的声音一直没有平息，直至犹如就在我耳边喘息，我这才停住了脚步。感知合作的结果告诉我，我已经站在了他们卧室的门口。

我在犹豫以何种方式登场。直接这么推门走进去好像有一些失礼，毕竟素不相识，就这么在大半夜地闯进来，一厢情愿、硬生生地强行加入到他们二人世界的派对当中去，如果没有合适的理由，于情于理，都不太说得过去。很难办啊，我在心里悄悄地叹了口气。手边也没什么礼物，从楼上下来地太着急，也没想到自己可以介入地这么彻底。此时要是能有一只猫咪该多好啊。我不由得想起时常在深夜踱到我家门口鞋垫上撒尿的那只白猫。体形修长，毛色顺滑，五官精致，翘起的两只小耳朵扑闪扑闪的，活脱一个漂亮的机灵鬼。我在失眠的夜晚经常和它玩耍，挠它的下巴，捋它的尾巴，让它咬我的指关节，咬到微微刺痛的程度。时间长了之后，白猫可以揣测出我言语中的情绪和意图，对于猫来说，这已经不亚于爱因斯坦建立"质量扭曲时空平面"此等理论的思维建树了。我对它说我睡不着，它就俯下身体把头埋在两只脚掌之间。我对它说今晚好冷，它就钻进我怀里用它毛茸茸的躯体与我相依取暖。我对它说怀念以前的老日子，它就跳到我的肩膀上，把它厚实的脚掌肉垫放在我头上轻轻抚摸。没有什么比和一只猫交心更加治愈的了。我在呻吟着的夫妻房门前想念那只白猫，如果有它在，一定可以帮我从巷弄的四下里找来些什么。比如几枝已经睡熟的马蹄莲，手工编制的带有白色花纹边的帽子，一瓶没有启封的红酒，半打卖剩下来的牛角面包。我寻思着应该给白猫起个名字，娇小的、柔软的、泛着甜味和星光的名字。

视觉上的黑暗与听觉上的情色让我有了很多遐想，我咀嚼着其中含有的原始艺术和宗教的成分。白猫终归不会在今晚出现，我不能整夜都止步于这道门之前毫无作为。我深吸了一口气，准备以一个粗鲁的不识趣的闯入者形象出现在门后那对夫妻的狂欢中。我准备好了。手拧开门把手，轻轻地向前推移，我随即走入了没有开灯的房间。颠鸾倒凤的声音戛然而止，屋里突然卷起了一阵旋风，房门在我身后被风重重地关上，我的眼睛在惊疑中慢慢适应了黑暗，发现面前的床铺上空无一人。诱惑我进入这里的那足以令人血脉贲张的狎戏声究竟来源于何处？我宁愿在突然闯入后被制造声音的当事人拳打脚踢也不愿承认我感官里确凿无疑在发生的事实竟然虚无得犹如从没有存在过。我在这个寂静无声的夜晚迷茫了。没有猫、没有月光、没有声音、没有起搏的深夜，老宅莫非连同这一片区域的夜晚一同悠然赴死了么。我听见的是幻听？还是耳鸣？我不确定。我站在这个连人的气味都没有留存下来的房间里思考密封如一颗鸡蛋的屋子里为何会忽然卷起一阵风。没来由的一阵风。幻听使我心烦。我不知道它是来自于颈椎问题还是神经功能的障碍，我只知道可以让自己阴茎勃起硬挺半个多钟头的幻听绝对是医学史上值得记录的案例。为什么会有风呢？我怀疑自己是一台装有晶体二极管的半导体收音机。颈椎是我的旋钮，神经网是我的长短波调频。头向右转，我在 *FM* 的波段中寻找特定的音频来源。向左，则是 *AM*。神经质的幻听电台。为什么会有风呢？我接收到了一个在干燥的夜晚电磁波传递得特别清晰的声音，我接收到了在那个时点上与我同一频道的共鸣。那一对夫妻做爱的动静是今夜我特别渴求的声音。相隔不知距离的空间点在某一个必然的偶然里发生了同频段的信息传递。高举的阳具是我的天线，聚集的血液是半导体工作的必要电力。我是一个收音机，我有一个 *Radio Head*，我的生殖器屹立在胡夫金字塔的顶端。斯芬克斯为我衔来谜语和亡魂，*Dorothy* 送来了稻草人和铁皮人。我可以给我的那只白猫起名 *Dorothy*，这小而别致的名字。龙卷风带走了 *Dorothy*，开始了一段别开生面的绿野仙踪。

我会被这阵风带到哪里去呢？我在黑暗的房间里继续思考。风只有一阵，密闭的房间里空气都凝固成一堆喑哑的暗物质。我不能继续待在这里，很显然我已经忍受不了这股沉重而抑郁的气氛。我打开卧室门，沿着进来的原路返回屋子门口。虚掩的门外透进来一线浮泛着病态的亮光。我打开屋子的大门，门外居然是一片莫名其妙的明亮世界。光线里没有太阳，没有紫外线，光白得是如此的无力、苍凉，这是一个漆黑深夜里的白昼，与我身后屋内的黑暗相比，眼前的明亮更多体现出的是无可奈何的光彩。白与黑、明与暗。我仰头看见在没有太阳没有月亮没有地平线没有天际线的背景里，有一架刷了金属漆的摩天轮正在远处的天空里缓缓转动。哦，敢情我被这阵绿野仙踪里突如其来的旋风卷进了我自己的梦境之中。

我迈开步子往老宅的东边走，绕过它的楼体就是通往后面巷弄的小路。知道了是在自己的梦中就没什么好怕的了。我很快就走上了小路，在这样的光源下行走有一种很怪异的感觉，因为我知道凄惨的白光后面有一层无法穿透的黑，我仿佛是在一个打着灯的摄影棚里行动，只是这棚的边界约等于这世界。我继续在小路上行走，像一个长镜头里的孤单旅人，只是这旅人没有行囊，没有兴致勃勃的脚步。在冬夜，一个旅人，卡尔维诺用冬天的夜为意象背景策划了一个旅行者的孤独，被季节和时点孤立其外的边缘人的寂寥。我的孤独则是在没有画外音的镜头下被长时间地冷漠凝视。孤独是一种被排斥的表征，孤独有其被施加的主体。如果这世界上没有群体，那么也就不存在孤独，孤独正好是群体存在的反面。一枚硬币如果没有人像的那一面，那么它数字的那一面也就只能存在于二维空间里，且无从觉得不妥。三维空间成就了立体、多面、正反、阴阳、明暗、表里，也成就了孤独。我在孤独的小路上孤独地走着的时候这么孤独地思索。这样的思索也显得格外的孤独。多么诡异的夜晚，如果我还能称之为夜晚，毕竟天上的亮光改变了黑夜的表象。黑夜里的太阳也是黑色的，雨果极其乐意介绍他的"黑太阳"，然而今夜的天上并没有太阳，这是一种梦境的苍白。我为何要在自己的梦境里像一个无处可去的流浪汉一样信步游走？之前的梦出现在今夜的幻听里将我裹挟至梦境之外的巷子中，这显然给空间几何学家和物理学家们提供了一种多维度时空组合的新式课题。我在这梦里会见到什么。摩天轮里的妈妈和我此时应该正在舱室里沉默地观察什么都不存在的环境，而我的使命是走到妈妈看见的那个在视野中不存在的巷子里，见证她口中的那副棺材么？荒谬。我此生从未遇到过如此荒唐滑稽的事情。不过，荒谬的事情里总有一些有趣和不羁。荒谬感是人类被理性克制住的欲望和极端呈现之间的一种自我维护的应急机制。荒诞的事情不应该发生么？一对相濡以沫的爱人不能在接吻后的下一刻拿出利刃为对方割喉么？一只青蛙不可以在众目睽睽之下向一只苍蝇表示臣服么？荒诞之所以被认为是荒诞的，只是因为理性在不可理解的事物面前，会制造出荒谬感来掩盖自己的无能，并镇压随之而起的原初欲望。理性一旦失去制高点的权威，野生的欲望便会席卷整个社会。然而那并不一定是人们想象中的地狱般的图景，相反，也许那才是通往极乐净土的自然捷径。所以，我并不拒绝荒诞、荒谬、荒唐，我十分有兴趣地去观察理性在面对这样不可理性解释的事件时是如何编造出一套又一套可以让其自身适应的、自圆其说的观点。这是一个孤独者的生活情趣，是游离于其他所有大众趣味之外的独立审美。

　　我仍然在窄小的巷子里左穿右拐，梦境里的巷道像梦一样没有止境。我究竟身在何处。巷道两边的爬山虎都不见了，绿色的生命体在幽白的梦里无法存活。如果说黑色是吸收可见光光谱里所有颜色的颜色，那么白色则是反射所有可见光光谱里所有颜色的颜色。任何颜色在白色里都被按比例混合、交融，被同化了。不存在白色的爬山虎，也没有白色的掌声，爬山虎在幽凄的白色光线里被"不存在化"了。我憎恶白色，如同我憎恶黑色一样。远处的摩天轮是这片白色光源下唯一的黑色，它还在旋转，我还在朝巷子的深处行走。不过哪里才是深处，我已经无法断言了。也许我认为的深处，还只不过是这无穷无尽的巷子的一个起点。认知的不对等造成了语言的困境。我无法认知这巷子的真实面貌是因为它不存在于我的梦境中，我的理性给了我这个解释。然而我梦境中的妈妈却看到了这不存在于我梦境中的巷子。所以我的梦里还包含了一些梦境本身不能直观呈现的东西，类似于 *EXCEL* 表格里添加的超链接。超链接形式上存在于 *EXCEL* 表格之内，实质上只是其关联到另一个表格外内容的搜索通路，是一个非表象的中介环节。我的理性完成了这次自圆其说的任务，又像一只贪睡的山狮那样重新钻进了休眠的洞穴。我是一个感性主导的人么？山狮的洞穴旁还有一处麋鹿的沼泽。感性与理性都长期蛰伏在各自的领域中，我是一个被直观和刺激占据主导的腔肠动物。我在呼吸的液体中吞吐，爬行，遇到障碍或侵害就本能地躲避、绕开。在大部分的时间段里，我不需要感性与理性，只有近似于本能的反应。草履虫没有忧伤，变形虫不懂抽象。"感性与理性"这样的表述被滥用了，其实我们没有自己想象中的那么高级。我在思考的过程中一直在行走，直到我听到在拐角处传来了清晰可辨的人类的声音。

　　那是两个人在交谈的声音，听上去十分近了，拐过这个巷子口应该就能看到他们。我可以听得见他们交谈的内容，声音很清晰，很响亮，空旷的巷子里有一种朴素的回音效果。是一男一女，岁数应该很大了，总有七八十岁了吧。老年女性很奇怪地在指责老年男人，说他一点用都没有，口吻听上去像是他的妻子。老年男性则弱气地只回嘴说能不能不要吵了，都吵了这么多年了能不能不要再吵了。我怀疑我又有了幻听，因为这两个人的声音听起来特别熟悉，熟悉到骨子里的程度，但是我说不出他们两人是谁。就在嘴边的记忆总是沿着唇齿的轮廓滚来滚去不肯定型。我怎么会在这狗屁一样的巷子里遇到那么熟悉的人呢。所以我断定我又产生幻听了。我一直站在巷子的拐角处没有走出去，我害怕面对转出去以后眼前又是空无一人这样的现实。我不知道该拿幻听怎么办，这迷人又可恶的神经伎俩。老年夫妻的对话还在继续，老太婆正在细数从四十年代开始到六十年代老头子干过的蠢事，包括但不限于托同乡带钱回去买地结果同乡卷着钱消失了；给他本钱去做小生意几个月下来血本无归；让他去老丈人豆腐店帮忙因为手脚笨拙最后自己负气不干了；写信给组织提意见控诉单位领导的玩忽职守结果被组织定性右派每天批斗。老头子说不出一句完整的话还击，只是不停地"哎哟！哎哟！"地叫唤着。对话的内容也很熟悉，是一种失真的熟悉，是理性对于不可能出现但又确实发生的事情的骄傲抵抗。失真感往往是真实的，正如荒谬感往往是谬误的一样。我想把头脑里幻听电台的开关关掉。我转动着自己的脑袋，像调节电视天线一样调适着角度和朝向。然而并没有什么成效，我有些着急，开始把脑袋瓜子低下去，准备朝下试试，万一头着地就可以关掉它呢？我把头低下去，差不多要接近地面的时候，我可以从自己两腿之间的空档处看到远处硕大的摩天轮已经停止了转动。是一个反过来的摩天轮，垂下的舱室全部都直立起来。失重。寒冷。真空。我突然在这样视角倒转的情况下明白了摩天轮所处环境的意义。永远轮转的飞行器，无始无终的既定轨道，没有出发也没有休止的旅程，不提出问题亦不供应答案的轮回。我和妈妈坐在摩天轮的舱室里徘徊，犹如我和妈妈一直身处于老楼旧宅里的滞留。被隔离被遗弃的生活与被割裂被转圈的机器是同一朵花的花瓣，同样寒冷，同样呼吸不到镌刻着"自由"和"独立"的氧气。我在泪眼朦胧的头朝下姿势中解谜了梦境中的摩天轮，阴郁而沉闷的摩天轮。黑色金属漆的精致亮光对于它哪也到达不了的宿命来说，只是梦境对它的一种虚荣包装。我开始想念妈妈了，一种痛入骨髓的想念，是撕去所有妈妈的表象和虚影，对"妈妈"这一核心概念本质化的想念。母体的表征过于庞杂，在感官刺激的环境里无所不在。对家宅的热切是对母体子宫的缅怀，对长毛绒玩具的依恋是对妈妈胸怀的青睐，对触摸的隐秘渴望是从婴幼儿时期便积累起来的母性的爱抚。这些是诗歌的起源、是艺术的动力、是爱与被爱的根茎，然而这些都不是妈妈的本质。妈妈的本质是抽象的圆，是从眼见所有圆形的物体中抽象出来的绝对的、纯粹的圆。没有棱角、没有粗粝、没有顶部与底部、没有装腔作势的竖立着的障碍物。妈妈站在圆心的点，将自己等距离地绕着圆心围成曲线。而曲线内的所有空间，都是妈妈本质化的体现。我想念这样的本质，看似空无实际上包孕了一切的本质。

　　摩天轮在我倒逆的注视里缩小了，我一下子站直了身子，充血的双眼和大脑来不及反应，兀自鼓胀着像是怒气冲冲满世界要打人的面相。摩天轮缩小的速度很快，我已看不见它了。失去了它巨大又坚硬的黑色，背景光源里的白色好像又亮了一些。我觉得有些刺眼，便不再看，低下头来继续晃动着脑袋，对付着没完没了的幻听。这恼人的幻听啊，真是令人难堪。我究竟应该责怪不停听见幻音的自己，还是应该责怪那个躲在某处一直在往整个世界发送信号的电台。我对它束手无策了，我放弃了，停止甩动自己的脑袋，也不再倒立了。我要走出这个巷口，去看一看巷子围墙的后面，是不是真的空无一人。

我连迈了几个大步，走出了巷口。果然拐过去的巷子里一个人都没有。这该死的幻听！我开始咒骂这卑鄙的玩意，不过我很快发现老头子老太婆的声音没有了，从刚才摩天轮缩小的时候开始就没有了。没有了，什么都没有了，可我要找的那口棺材呢？

东边的巷子里传来了脚步声，扩音的效果很好，我听得出来是一个沉重的略显疲态的脚步声。每个人都有自己的脚步声，要么轻快，要么拖沓，要么节奏感强，要么迟疑畏缩。脚步如同指纹，每一个人都不一样。我听到过很多人的脚步声，也私下里进行过分析，大致从频率、音色、音高、强度、音长、节拍这几个方面归纳总结。研究样本里有厌世之人的脚步声，颓丧、无生气、对一切失去兴趣、对一切都是厌倦的。脚步声里可以透露出很多想象不到的情绪细节来。然而我没有听到过这样的脚步声。这个走过来的脚步声，在空荡荡的回声里，像是根本没有自己。来的这个人根本不是在迈出自己的步伐，这样的步伐和前进只是别人的，和自己毫无关系。我一下子对即将出现的这个人产生了极大的兴趣，如果这脚步声不是我那该死的幻听的话。人从巷子的拐角处走出来了。谢天谢地，这不是我的幻觉。走过来的是一个年轻的男人，肩膀上扛着一个很大的木头棺材。棺材很厚重，泛着棕色，我不知道这个男人是怎么能把它扛在肩头这样一路走过来的，很明显这不是一个普通人可以办到的事，可他好像并不怎么在乎。他的表情很空漠，眼睛根本不看别处，只是直视着他前进的方向。我认识这个人。自我出生之后我就认识这个人。这个人远比扛着棺材行走的他要苍老。我认识的他强壮、粗鲁、易怒。我认识的他在我还是个孩子的时候，喝醉了酒站在妈妈和我睡觉的床头，像一个猎人盯着猎物一样用他那醉醺醺红通通的眼睛盯着我们。他当着我的面打我的妈妈。我亲眼目睹他拿起青花大碗在走廊的墙上砸个粉碎，我亲眼见证他一拳打向妈妈，妈妈躲开了，拳头砸在了书橱的旁壁上陷进去一个幽深的洞。我认识的他已经将近古稀，可朝我走来的这个举着棺材漠然行走的男人却只有二十几岁的样子，比现在的我还要年轻。我不愿意承认这个年轻人就是我的父亲，是那个我在老式的黑白照片里看见过的那个年轻、温和的父亲。荒谬。一个二十几岁的人怎么会是一个三十多岁人的父亲。我的父亲还坐在他那个阴暗的小房间里，没日没夜地喝着白酒。即便扛着棺材的这个男人就是年轻时候的他，那他在二十几岁的时候也并不是任何人的父亲。荒谬。

老头子和老太婆的声音突然出现在我的身后。

"老大还是这样啊，这么多年过去了，他还是这样啊。"老头子的语调依然无奈而伤感。

老太婆突然暴怒起来。"他不这样他还能怎么样？老三死了以后和你娘老子的坟埋在一起，后来那片坟场被部队收掉，现在连进都进不去了，想上坟都不知道到哪里上。哪一年老三忌日老大不是偷偷躲起来哭？死老头子你知道个屁！"

我回过头看见了他们，那个我以为是幻听里出现的老太婆和老头子。我认出了他们，我在突如其来的重逢里哭了出来。我怎么会忘了曾经对我来说如此熟悉的人。我居然忘记了自己的爷爷奶奶。我已经忘记他们的声音、他们的样貌，我已经在逐渐忘记关于他们的一切。人们就是这么被遗忘的么。这是一种全方位的遗忘。人们不仅死去了皮囊，他们的声音、相貌、脚步声、说话的腔调、动作里的特质，全部的全部都在时间里死去了。我哭得很大声，哭声在有回音的巷子里一圈一圈地回荡。可他们看不见我，听不见我，他们只看得见扛着棺材走过去的父亲，他们的对话还在继续。

"老三死得早啊，唉，老三死得早啊。"爷爷扶着额头，变得伤感起来。

奶奶气得浑身直哆嗦，恨不得抽爷爷两个耳光。"老三死的时候你在哪块？要不是老大找朋友帮忙打了这口棺材，老三只能用草席子裹起来埋下去！死老头子最不是东西！"

"我能怎么办？那个年代的事情就是那样，唉，就是那样。"爷爷看着爸爸漠然走过去的时候，神色有些黯然。

奶奶真的走上去动手，爷爷慌忙往后退，两只手伸出去架住奶奶要打在他脸上的巴掌。奶奶气得满脸通红，破口大骂。

"你就是想出风头！人家花你一下，兴邹邹地写报告说领导干部坏话，叫你不要写不要写你不听。你说说全家上下哪一个不是恨死你了？你弟弟妹妹都恨透你了！一个人连累一家人！你弟弟在厂里头先进先进评不了，想入党党也入不了。哪个不恨死你了？你说说你干的都是什么好事？死老头子最不是东西！"

年轻的父亲什么也听不见，什么也看不见，他的眼睛只直直地看着他行进的方向。他扛着那口巨大又厚重的棺材，棺材里应该躺着他弟弟的骸骨。他就这样举着棺材在这条巷子里来来回回地走，我们看着他消失在西首巷子的尽头，一会儿他又从东首巷子的拐角处走回来。哭泣不止的我想要抱住爷爷奶奶，可我根本无法触摸到他们。这是一个没有触摸的梦境。触摸在这样的环境里成为了奢侈品。我想到贝托鲁奇执导的《末代皇帝》里，溥仪对被触摸的渴求。偌大的一个皇宫中，溥仪找不到一个可以爱抚他的人，他偷偷替换掉盲人摸象游戏里的被摸者，自己顶替他站在白绢布的后面，任凭别人的手掌隔着绢布在他的头上、脸上、身上不停地触摸。在现实里缺少触摸的我在梦境里依然无法触摸。我在欲望不能得到满足和重逢死去亲人的失落和哀伤里嚎啕大哭，像一个没有奶嘴吮吸的婴儿，像懂得失真和荒谬的理性运作流程的人不得不面对失真和荒谬由于过于真实而总是存在于虚构的社会不存在的地方那样绝望的旁观者。

在这样的梦境里，妈妈消失了，爸爸独自行走在他与棺材形成的不受干扰的封闭线路中，爷爷和奶奶在骂与被骂的谈话中不可触碰。我在自己的梦境里体会到了无可匹敌的孤独。我刹那间理解了那些孤独赴死者的坦然。孤独无药可医，它将我和我熟悉的、亲昵的人隔离开，而且它不允许有新的人们与我熟悉、亲昵。它是一层横亘在陌生和侵入之间的墙壁。它也会在必要的时刻，像一头凶猛的孟加拉虎，扑向试图翻越墙头进来的入境者。爷爷在奶奶的咒骂声里不言语了。他缓缓地摸出自己中山装口袋里的一个小本子，拔出胸口插着的钢笔，在翻开的小本子的空白处，写下了他年轻时在华东军大的课堂上听闻过的两句似诗非诗的语句。

"沙土随长风积淀，火焰逐流水燃烧。"

写完他抬起头，看了一眼自己曾经居住过的老楼的方向，嘴里自言自语地念叨："烧了吧，都烧了吧。"

第五章

　　雍园街道的两边，有不少两层楼的房子，是以前民国时期的公馆或者民宅。没有更高的楼层了，民国时期的建筑师们热衷于将楼房的高度限制在两层之内。中华民国的人民大会堂只有两层，高度不超过十米。与现在动辄数十米、占地十几亩的好大喜功的建筑物相比，当时的人们和空间的关系更加理性化。节约、克制，对空间的态度保持冷静、客观，而不是主体性的迷醉。经历了漫长封建社会的铺张、仪式化、虚伪的张扬舞爪，民国时代进入了一个无论是在权利的丰碑式展现上还是在以附庸的空间与排场震慑被统治者方面，都在视觉可见的细节里提出了政权以及参政议政者可能提出的反思。我时常在路过现在被称为第二历史档案馆，原来曾经是国民政府办公地址大门外的时候寻思，一百年前的首都政府机构与人员需要多么精简，才能在这个精致得如同历史的鸽子笼一般的灰色建筑物里游刃有余地处理事务。清王朝灭亡的时候，留下的那个恢宏如一座城池的皇宫，恰恰体现出封建社会在它末期岁月里的空虚、臃肿。高大绵延的红墙和屋顶的琉璃瓦象征着愚昧的统治阶级对于丰碑的崇拜和图腾。他们不仅自己信仰着砖石和整木堆砌起来的隐喻着极权与武力的大而无当的建筑群，他们还逼迫被统治者们都要对这样虚幻的泡影心生畏惧。无度的空间除了催生拥有空间之人的膨胀和虚荣，只会在数百间房屋的拐角处留下野猫和鸽子的粪便，空间就是这样不留情面，当人们以为自己拥有它的时候，它反而会采取各种手段让人们醒觉，原来自己只是被空间奴役的对象。卡尔维诺在《看不见的城市》里塑造的那个哲人一般的忽必烈领略了空间的变体——版图对他的压榨。忽必烈在日益扩大的版图里忧心忡忡，他究竟得到了什么呢？他得到的只是彻夜难眠的忐忑以及大到无止尽的军事和政治的烂摊子。所以，我喜爱雍园两边别致小巧的二层小楼。它们恬静、淡然，在路边不高的杨树和路灯的映衬下，二楼像是隐藏在闹市里的仙阁。晚上路灯亮了，在昏暗的街边像一个圆蓬蓬的黄色月亮，如此一来位于二楼的人便看上去像是在月亮上走动的居民。

书店店主给我指的那幢小楼并不远，只是上楼的台阶非常难找。我本以为是从楼道的内部上去，结果却被住在一楼的看上去像个肉摊小刀手的男人轰了出来。他用睁得圆滚滚的眼睛看着我，伸出一根粗壮肥短的手指指着进来的门洞，低哑的声音里有呼噜呼噜的粘滞液体：“这不是随便进来的地方，赶紧出去。”

我围着这幢小楼绕了一圈，才发现上二楼的台阶在整幢楼的背面。楼梯拐了一道弯，我沿着楼梯上到二楼的平台上，看到整个二楼只有一道门的入口。我敲那扇门，像敲一个笨蛋的脑袋瓜子那样地敲。没人来开门，门后的空间显然在坚持着一种不为人知的入境政策。我足足敲了有五分钟的门，没人在乎，连我自己都恍惚觉得敲门声已经失去了自身作为声音符号的意义。敲击仅仅是敲击，谁也不会因为敲击的声音而去采取什么行动。元谋人用石块敲击贝壳，巴比伦人用木棒敲击皮革，埃及人用手掌敲击羚羊的臀部，鲜卑人用铁器敲击敌人的头颅。敲击只是一种动作，它在绝大多数的语境里代表着攻击和破坏，也在少数的情况下担负制造声音的目的。鸣冤击鼓，鼓声传进深邃的衙门里，衙役和知县便知道，这粉饰太平的清闲日子里，又多了一桩冤情。深夜打更，更夫提着铜锣，手里攥着裹上布头的木棍，锣声飘进熟睡中人们的梦境里，成为梦中忽然浮现出来的异响或者隐约的不安。人们敲击所有可以敲击的东西，自由意志在不断地行为探索里转变成各种意图的声音徵象。自由意志导致的自由行为衍生出固定的意义，又重新将自由锁进了制度和约定俗成的牢笼。自由一直在制造自己的对立面，并不断试图打破对立面的束缚。于是只有在打破的那一瞬间才是自由的本质，打破的同时形成了新的束缚，自由在产生的刹那间就灭亡了，自由就是这永不停歇的矛盾的共同体。

我敲门敲得累了，转而站在平台的边缘望着下面街道上稀少的人流。完完全全是夜晚了，路上的人们在意义不明的几点之间往返。谁知道这样的生活究竟意味着什么呢？没人会这么去思考。人们满足的是往返本身。最大的意义在于人们出去了，离开了一个点，最终还能从别处回到那个点。令人满足的是回归本身。铺天盖地的媒体在宣传这样的回归。肯尼亚的动物大迁徙，候鸟的回程，农历新年数亿人的春运返乡，《Love,Death & Robots》里画家齐马对于初生记忆中蓝色瓷砖的生命回归，使得观看的受众们热血沸腾。他们对于回归的崇拜已经白热化了，甚至就连听到"线性回归"这样的数学词语都能激发出他们对于回归的妄想。哦，是啊，一切都需要回归，就连天方夜谭一样的数学也不能例外。回归成了别有用心的体系灌输给他们的人造宿命，他们流连于这样的带有宿命论腔调的生活，毕竟宿命论在他们单调乏味的日常里具有一定的神秘意境。人们在积重难返的认知里不仅仅被体系填塞，更被先辈们毫无头脑的行为感动得热泪盈眶。人们不间断地完成着这样的自我灌输，他们执迷于回归的执迷，但他们却不去想想在更古老的时代人类是如何决然地离开非洲大陆向地理位置上南辕北辙的各大陆板块蔓延的。他们不去思考这种更古老的人类本性——开拓、流徙、远走。他们痴迷于回归，却对"回归人类更早的天性"这一论题视若无睹。这不是全方位的回归，绝不是，这只是人们自我建构、自我感动，警惕内心本能和野性的肤浅的回归。

我在平台上吹了一会儿晚风，因为昏黄路灯的在场，风显得格外模糊，视野里的不清晰钝化了风的触感，我不知道风是不是在持续地吹着我，还是在吹着我看不见的某处。我又回头去敲那扇门，却没有了一开始敲门的意图，我只是想制造一些敲击声，因为我想到了扬琴、架子鼓、黑白两色的钢琴键，我想到了被敲击的乐器流淌出来的音乐，这条街需要一些音乐，而不是街道上来来往往的人们和车辆发出的毫无情感和意义的杂音。我敲这扇门，不期待有任何人打开它，只是想制造一些这条街上缺失的声音。然而奇妙的是，很快，我就听到了门后的通道里传来了不紧不慢的脚步声。

门打开了，开门的是一个平平无奇的中年男人，穿着做工考究的西装背心，一条灰色的直筒裤，脖子上挂着一条皮尺。他身后的房间里灯火通明，我隐约能看见走道两边的墙上挂着一件件还没完全做好的服装。

他上下打量了我一下，语气恬淡地问我："是来做衣服的？"

"从书店过来的。店主推荐我到这里来看看。"我不动声色地回答他。

"哦，那进来说。"他闪到一旁，示意我进去，随即在我身后把门关上。

通道很长，两边的墙壁上除了挂着衣服，还有布料和织丝。我走到通道的尽头，是一间看上去不小的规整房间。房间靠窗的位置放着一台缝纫机，旁边是一个长方形的台子，上面搁着剪刀、粉笔、裁断的裤子和尺子。窗外可以看见一排一排铺着黑瓦的平房。

中年男人走到台子跟前，要我坐在缝纫机旁边的一张靠背椅上。我坐下，窗户外什么都看不见了，只有黑沉沉的天空。他拿起粉笔在裤子上做着记号，一边闲聊似地问我："是要做裤子还是衣裳？"

我沉吟着没有说话。他看了我一眼，又接着说："旧衣服拿来改也行的。喏，你看我这里好多都是要改的。"他把手里的裤子给我看了看，继续说下去。"有长头改短的，年龄大的衣服改改给年龄小的穿，比在外头买衣服划算，毕竟料子在这里清清楚楚的。有肥的改瘦的，胖胖的原主人不穿了改给瘦瘦的继任者穿，也不错的，只要料子好都值得的。有改款型的，加腰身，加臀型，改领子，改袖子，也是精明的。好好的一件衣服买回来，嫌弃难看不穿了可惜，改改不用再花钱买另一件了。以前的旧衣服不时兴了，拿来改成新款式，穿上身又漂漂亮亮顶时髦的，这叫会过日子。不过呢，这都是二十年前的裁缝干的事情啦，现在虽然依然还在干这些，但是也有新的事情可以干啦。比如说，"他指了指墙上挂的一件外套，外套上是一道道条纹拼接起来的样子。"一件普普通通的外套，要改成这种效果，就要在原来的料子上拼别的颜色的布料。拼之前要先把原来的布料画好形状裁下来，料子里面有内衬的，还要当心不能伤到衬里，拼完之后，外面看看，里面看看，完好无损，这就不是二十年前的裁缝能做到的啦。"他有些得意地说着，手里一刻不停，已经给台子上的好几条裤子做了记号。"所以说，时代进步了，裁缝也要跟着进步，不然这个手艺只能灭绝啦。现在人和以前人不一样，以前嘛，做衣服的多啊，缝缝补补的多啊。现在不是啦，买衣服的多啊，坏了就扔的人多啊。噢，指望那些高端定制成衣店能好得起来吗？那不是裁缝主导的生意啦，花架子多。裁缝嘛，别的不要跟我谈，首先看料子，其次靠手艺，虚荣场面那套裁缝搞不懂的。我看啊，少点那些神神鬼鬼的高端定制，裁缝的日子还能好过点。"

　　裁缝一刻不停地说着，像是在倾吐着积存了半辈子的想法。平时没人和他说话的么？我坐在椅子上有些出神，心里怀疑书店店主是不是给我指错了位置。我回想起我离开书店的时候，坐在折叠桌两边的那两个吃纸的人眼中惊讶的神情。他们是知道些什么吗？那种眼神到底折射出什么样的心理？这个不开门的裁缝有什么值得那两个饱学却无聊的男人如此吃惊的？我的脑袋瓜子里充满了疑问，我指望身边的缝纫机、线头、裁布刀、碎布能替我解答，然而它们都出奇的沉默，唯有裁缝一人喋喋不休。

　　"这条街上就只有我这一家裁缝店，你看，我根本不打广告的，连门头都没有。不是熟客推荐，旁人根本看不出来这里是裁缝店的。房东这层楼租给我，就收我三千块房租，为什么呢？他们家要做衣裳的呀，一套西服，好一点的，出去买四五千块太正常啦。买料子回来自己做，一千块么搞定了。家里女人总喜欢买衣服的咯。出去逛街看好了衣服，手机拍下来，款型发给我，我一看么就知道了。料子自己买好，我给她做出来，这中间省了多少钱？你看看，是不是？我把房东家的衣服做做好，做套衣服再送他一块胸巾，不收他钱。替他省了钱，也替我自己省了钱，你说好不好？开书店那个人，在我这里改过两条裤子，后来介绍多少人过来做衣服，你都不晓得。裁缝店为什么越来越少了？是因为买衣服的人多了么？根本就不是！二三十年前的手艺干不了现在的事情。哪行哪业不要发展呢？不发展不改变肯定没饭吃的咯。"

　　我站了起来，裁缝见我站起来，也停下手头的活，转过身来看着我。我跟他说我要走了，以后有衣服要做要改会过来的，今天过来就是看看。他没有作声，只是拿起了手边的裁布刀。我一下子紧张起来，想起那两个吃书的男人看我的眼神，我仿佛明白了他们为什么会那么吃惊。裁缝拿着裁布刀朝我走过来，我下意识地往后退，他没有停下脚步，我退到了墙边。他举起手中的裁纸刀，对着我剪过来。我用手护着自己，把头转向一边。裁布刀在我脑袋上方"咔嚓"一声剪了一下。我从手指的缝隙里看见裁缝拿着裁布刀走回了台子旁，有些不知道究竟发生了什么。

　　裁缝把裁布刀扔在台子上，回过头对我说："你有没有听说过头陀岭上那个道士的事？"

　　我摇摇头，不明白他想干什么。裁缝笑了笑，说："每逢有人去头陀岭上找他，道士总是用道观前大水缸里的无根之水洒在别人的头上，截断他们上山的意图和目的，然后才愿意交谈。清虚之地，容不得俗世杂念。"

　　我忍不住开始嘲讽他："所以你用裁裤腿的剪刀来剪断我的意图？我的头顶上是长了天线还是你的剪刀得了妄想症？"

　　裁缝不以为意，只是用一种很平缓的语气对我说："你完全有理由出言不逊，只是你不知道我拒绝过多少敲门人。我不是修行者，也没有宗教信仰，这里也只是个裁缝店，不是出世的场所，但是我和头陀岭上的道士对这世界有着相似的认知。你第一次敲门的时候我听见了，但是我不想开门。敲门声里除了慌张就是焦躁，再没有别的东西，我从不为这样的人开门。受情绪主导的人六神无主，特别容易被各种突如其来的事情影响了判断，我不擅长和那样的人打交道，出于保护自己也是保护别人的角度考虑，我在这样的情形下往往选择不面对。你第二次敲门就平静得多了，敲击的声音里已经完全没有了第一次的盲目，也没有目的性的节奏。我在你第二次的敲门声里听到了一种忘我的超然，声音里有风的模糊，以及行为意图的淡化。所以我开门了，我只为这样的敲门者开门。"

　　我惊诧于此时的裁缝和半分钟前的那个相比简直判若两人。一个絮絮叨叨好像是中年危机的男人是怎么能在顷刻间变成一个富有哲思和神秘气质的诗人的呢？我简直想象不出一个成天面对皮尺、顶针、布料的裁缝会如何在他的缝纫机前思考他的诗歌。洛特雷阿蒙在自己的诗里写道：美丽是雨伞和缝纫机在解剖台上的不期而遇。裁缝的房间里有自然是有缝纫机的，雨伞挂在门背后的挂钩上（我进来的时候无意中回头看见了），解剖台就在他的身后，他用来解剖及拼装不同衣服上不同布料的台子。他是用粉笔写诗的么？缝得整整齐齐的每一件衣服或者裤子的内衬里是不是都被他用针线悄悄地纳进去自己不同的作品？顶针和三角尺给了他怎样的诗性，使得他用裁布刀在整块的布料上留下了那么些令人印象深刻的诗意的剖面？我突然觉得自己完全不了解眼前的这个人，他五短的身材，略微谢顶的脑袋，一张任谁见过都能在瞬间忘记的毫无特点的面孔，如今在灯光下却显得有些朦胧。我无端地在这个隐秘的裁缝店里感觉到了美丽，由写诗的裁缝和意欲进入无穷小的三位一体的我在解剖布料的房间里不期而遇的美丽。裁缝一定也觉察到了，他放下了手里所有的活计，坐在了我对面的凳子上，仿佛要和我展开一场长谈。

　　"吃纸书店那个人，不简单。"他没有看我，像在和别人说着一件毫不相干的事。"这个人看上去是贩卖旧书的，实际上是用带有符号信息和所指蕴意的纸张修改购买者的欲望。你去过他的书店，应该能明白我的意思。"他停顿了一下，我想起来那两个不停地吞吃书页的男人，不由自主地点了点头。

　　裁缝继续说下去："修改人们的欲望和修改人们的美学观念一样，是一场孤寂而盛大的反抗，几乎是在对抗整个系统的圆弧效应，这不是一般人能够做到的，付诸于此类事业的人都做好了被系统湮灭的准备。在这一点上，他和我可以说是并肩作战的同类。我并不是一个只顾埋头做衣服而对外界不闻不问的人，实际上我对这条街道了如指掌，我细致地观察过这条街上的每一个人。我的观察力是针尖级的，我在三十年的从业历程中从未被针头刺扎过手指。我可以把每个人每一个细微的表情每一次小幅度的动作都拆解为顶针上细小到极致的半圆形凹槽那样的程度，然后将它们与人物对应的场景、情绪、意图用这台缝纫机分门别类地缝合在一起，最终每个人都有一件代表各自性格特质的缝制品，包括但不限于一只胳膊的汗衫，四条腿的短裤，切成一半的坎肩。实际上它们的外形是因人而异的，只有想象不到的几何学形状，而没有不存在的。我在每天入夜之后就着手于这项工作，现在这条街上每一个人所对应的缝制品就被我锁在衣橱里的大抽屉之中。它们是我时常翻阅的档案，当然也是只有我能够看懂的档案，对于别人来说，它们只是一堆做坏的布料。人们的观察力和品味永远只停留在认知能力的最底限，一直都是，从来没有变化过。我在三十年的缝纫生涯里持续地试图改变人们自认为的审美，其实那哪里是什么审美，人们只是被意志力更强的同类赋予物料和文字之间的意象所泛射出来的圆弧效应给蒙蔽了。人们从没学会审美，他们的审美情趣在远古时代就被圆弧效应剥夺。而我，就是以剪裁和缝纫的手段对抗整个审美系统的孤独的裁缝。你不知道这么多年下来我都做过哪些努力。一开始的时候，我尝试着在人们送来修改的衣服里缝进去一段巴赫的赋格曲或者莫扎特的作品，你知道的，就像那些迷人的小夜曲类似的玩意儿。可人们对此并无反应，它们无法听见衣物织料之间的乐曲，人们的耳朵被日常的生活噪音完全堵住了。噪音，以为戴着耳机就听不见噪音的人听见的只是耳机里传送的音乐尸体。完全工业化、模式化的音乐垃圾完全堵塞住了人们的耳道。人们根本无法理解巴赫的《恰空》，更加无法体会他在妻子玛利亚·芭芭拉死后写下这首曲子的忧伤。我把音乐缝入料子的计划落空了，正如我所说的，人们被巨大的圆弧死死地掌控在半径之间。后来，我的手艺在不断地思考和探索下变得日益丰富，我觉得自己进入了一个裁缝生涯里的黄金期。我开始尝试把更多种不同的东西缝在一起。我把绿色缝入蓝色，不是绿色的布料，而是真正的绿色，是颜色光谱。我把重量缝进触感，只需用手摸一摸，就能感受到衣物的重力在手臂上的蔓延。这可不是一件容易的事，为此我还在持续挑选合适的重力料材过程中瘦了很多。我把能指缝入所指、把符号缝进气味、把影像缝入声韵、把夏天的温度缝进冬天的冰雪、把蛋白质缝入水分子。我是一个在针尖创作的人，鉴于我的创作已经进入了纳米级和纯粹非理性的领域，我也难以界定我自己究竟是化学家、量子物理学家、还是超现实主义的夸克诗人。也许我是上述头衔的混合物，也许这一点也不重要。"

　　裁缝说到这又停顿了一下，我以为他要就此打住，谁知道他站起来去房间里面倒了两杯茶出来，递给我一杯，自己重新坐下，喝了一口滚烫的茶，又接着说："我把这些手艺全部都运用到了自己做的衣服上，但人们对我的杰作毫无一点点反响，他们全是五感失灵的人。他们只能看得见袖子是不是一样长了裤腿是不是截上去了裙子的下摆还要不要再卷起来一些，他们除此之外对我的精心安排没有任何触动。在我觉得自己的创作是永远不可能被人们了解的时候，吃纸书店那个人出现了。"

　　裁缝端起杯子喝了一口茶，窗外的黑夜里淅淅沥沥地下起了小雨。我此时对他已经产生了极大的好奇心，不想打断他的陈述，只想赶紧接着听下去。

　　裁缝放下杯子，没有被黑色的雨声干扰，继续说了下去。

　　"他来找我改了两条裤子。第一条裤子送来的时候，他并没有敲门。很奇怪的是，我那天好像预感到要有什么人来似的，主动走到门口打开了门。他站在门口把裤子递给我，跟我说要把裤腿裁短两公分。我照例在翘边的时候缝进去一些北极冰川上的环境音和诺瓦利斯诗里夜颂的意象。完全是习惯使然，我压根儿就没指望任何人对此再有反应了。他来领走裤子的时候有些惊讶，不过并没有多说什么。第二次来的时候，他没有亲自来，是托他店里的一个熟客给送过来的。我接过裤子之后手摸到裤子口袋里有一个纸质类的东西，以为是他写的改动需求，就掏出来准备看看。没想到掏出来的是一张叠好的信纸，信纸上写着：请把您的作品尽可能多地缝合进这条裤子里，上次的夜颂和冰川之声实在是太令人神往了。"

　　裁缝说到这里，终于抬起头看着我，仿佛直到此时我才和他真正产生了联系。他啜了一口杯子里的茶水，炯炯有神地盯着我，问："他推荐的人一定不是来做衣服的。我可以感觉到你强烈的意图和束手无策的慌乱，我的观察力可是针尖级的。所以，"他放下茶杯，以一种观看拉斐尔在梵蒂冈教皇宫殿里涂抹的巨幅壁画一般的态度看着我，"你可以说出你此次前来的真正意图了，裁布刀剪去的动机是与我无关的原初动机，在我充分介绍了自己之后，我相信你此刻应该已经明确了你的动机究竟与我有没有关联。"

　　我此时确实明白了书店店主为何让我到这里来。一个可以将物或非物的粒子级片段提取出来并以一种无差别的缝纫手艺将它们编织在一起的人也许正是我最需要的救兵。不，粒子级并不能完全体现出他的能力。如果说他可以把可见光光谱里的颜色提取出来缝入其它的微粒里是"粒子级"的话，那么将《恰空》缝入布料，将符号缝入气味，便是超越物理范畴进入精神现象领域的精微技巧。而他只是一个裁缝，一个隐藏在民国小楼二层之上的默默无闻的裁缝。我幻想他眼中看见的世界是一枚枚颗粒，他从其中挑选其中自己需要的部分，用针线和缝纫机把颗粒重新串联。他对待物体的直观是在三维感官之上的多维度感官，就像透过锁孔去看锁的过去。色彩本身只能被我用眼睛接收，而他可以闻到它们的气味，抚到它们的触感，听见它们的声音。色彩本身在精神现象里的模糊呈现是他意识中的清晰图像，不得不说裁缝最出人意料的能力是他可以精准地剥离物与物在主观统觉中的显像，他鬼斧神工地把物自体投射出来的直观分解为附着在本体和语言中介之上的一层薄膜。所以他才能将影像缝入声韵，将能指缝入所指。他凭借自己的手指和训练有素的观察力深入到了这个世界的肌理之中，也许这个世界的真相便是无限微分的颗粒与无限近似的同一之间的悖论。我并无意去探寻所谓的真相，我只是想进入无限小的通道，找到机会进入"0"，寻回我的妈妈。

我向裁缝讲述了事情的经过，从散步开始，到我转动坐标轴，我和妈妈一起跳在空中，落地之后，妈妈不见了，一直到在书店遇到店主，他告诉我妈妈也许坠入了"0"。裁缝在听的过程中向我提了几个问题，例如起跳的时候有没有风，妈妈穿着什么颜色的衣服，她在空中的时候身体有没有摆出什么动作，诸如此类。我回答他没有风，穿着黑色的外套，四肢在空中像键盘上的星号键。裁缝在思考，他在思考的时候依然不停地在观察。观察茶水，观察窗外的雨，观察自己的手指。我怀疑他在这场雨停了之后，会考虑把自己手指的触觉缝入下一场雨里，使自己得以用指纹去触摸一场大雨可以涉及到的所有外界。

裁缝在我的注视下揉搓起了自己的手指。除了观察力之外，他所有的手艺都集中在十根手指上。他搓得非常卖力，手指与手指摩擦的部位都泛成了白色。末了他十指紧扣，做了一个手箍，有些疲倦地说："0的由来众说纷纭，我就听到过不少版本，不过都只是坊间闲谈罢了，信不得真。只是有一次我在头陀岭上的道观里和那道士聊起了 0，记忆犹新。道士遍读宗教经卷，但凡是人类的宗教，就没有他不了解的。道士跟我说，0 在阿拉伯数字里的概念塑造，源于古印度佛教大乘空宗的思想。大乘空宗强调一切皆空，0 的概念便是起源于空。梵文中 *sun^ya* 表示 0，*sun^ya* 汉译为舜亚，意为空。然而无论是大乘空宗的创始者龙树还是他的弟子提婆，都没有明确空的含义在被 0 符号化之后，究竟是代表了空的空无还是开启了空的存在。如果空在言语中存在了，是否表明空在人们的思想中也已经深深扎根，再难以剔除。如此一来，空便不再是空，而成了'零无'累赘的符号躯体。0 所指的本愿，是虚空一切，无论是形式上还是意念上。然而 0 却在当下成为了一个在数列中实实在在存在的抽象数字。如果没有 0，那么整个坐标体系便会轰然倒塌，如果没有 0，正负的意义也将暧昧不明。所以 0 与空陷入了自身的困境；当人们意识到空无与 0 的存在时，空无与 0 就在人们的意识和理性之中成为了实有，0 非但无法抹去自身，反而被导向了空无的反面。因此，0 在哲学层面上便形成了一个永恒的悖论：0 是形式上的'无'，而不是绝对的空无。0 以'无'的标记身份开启了'无'在知性中的'有'，所以 0 是以'有'或者存在的方式代表'无'的中介。绝对的空无不仅仅意味着物理上的阙失，更是精神和认知层面的不觉，不显，不察。而在 0 被思考被探查被标记之后，绝对的空无在意识中就有了存在的动机，'无'有了变化，从而生出了'有'。我们现在谈论的所有的 0，并不是真的空无，而是具有存在性质的空无的符号。明确了这一点之后，我们就可以继续进行下一阶段的探讨了。"

　　裁缝又开始掰他的手指。我从未见过如此细长而又坚韧的手指。每一根指头都可以向上或者向下弯曲很惊人的角度，在我以为他要攥断自己手指的时候，手指却又奇迹般地回弹复位。我猜测这世上应该没有什么手上的细密活计可以难倒这双手的主人，哪怕是让他仅凭双手就从落下的雨滴里摘出水球包裹着的灰尘，他都可以轻松胜任。我静静地坐在椅子上喝我的茶，等待他接下来的演说。

　　裁缝喝了口已经不烫的茶，说："所以，我们现在明确了，你的妈妈是落入了坐标系的原点，（0，0），而不是真正的空无、零无、虚无，这是非常重要的区别。0 点作为坐标系的原点，是一个实质上存在的点，虽然它在表现形式上以空的符号 0 作为标记，但依然是有迹可循的。现在的困难在于，即便数学符号 0 不等同于绝对空无的消弭一切，但它仍然具有它的数学性质和空的表象化意义，即与它融合的所有它物都会被 0 吞噬，成为 0 的一部分或者说被 0 同质化。0 表面看上去波澜不惊，实则在它张开的漩涡中心里有搅碎万物的风暴。诚如书店店主所说，接近 0 唯一的办法是通过无穷小的隧道，只不过这条隧道从没有人踏足，你无法踩在前辈的脚印上走到无穷小的尽头。与其说牛顿和莱布尼兹是无穷小的发明者，不如说他们是无穷小的观察者。他们自己也没有进入过无穷小的通道，他们只是通过肉眼和统觉的内感官观察、冥想，并运用数学的手段将它描摹出来。在整个数学思想的宏伟构架里，无穷概念是仅有的没办法举出具体案例的概念。微积分将无穷的理念写作∞，但这个符号代表的并不是某个具体的数字，而只是一种趋势。可以说无穷概念是数学领域里为数不多的不能用符号充分表达的概念，因为趋势并不精确，对它作出的变量的解释也差强人意。变量首先要是一种变化，但谁能举出无穷小的起点究竟在哪里呢？没有起点没有终点的变化该如何界定呢？在此我要声明，0并不是无穷小的终点，无限近似和完全相等是两个完全不同的状态。之所以在数学计算中可以将无穷小忽略，是因为以目前人类三维的认知和观察来说，无法分清这两者之间的区别。但也仅仅是无法分清，并不代表那个区别就不存在。那么无穷小的终点究竟在哪里呢？会不会有那么一种量或者微粒不可再分割呢？我相信是有的，只不过以目前人类的理性和逻辑能力而言根本无法探查。就我做裁缝这几十年的生涯来说，我进入过不少微粒的世界，我是说，我的手指和针尖。我可以将附着在水分子表面的散射光谱剥离下来，也可以把黄山谷诗《登快阁》里的朱弦遗音缝进一粒花粉内壁的果胶质当中。我的观察进入过很多不同层面的微观世界，而我最擅长的是在精神世界里直观、现象、显像、分析、判断、推理、构造作用中的极细腻解剖。任何符号，包括但不限于语言、数字、标记、图案、声音、动作、面部表情、体态、建筑样式、光影组合、色彩搭配等，只要是在大脑里可以引起感性直观到理性分析此类所有精神投射的标本，我都可以分离出它们最微小的细节。0所对应的符号意指以及它引起的精神现象也是我反复观察分析的素材，在这个方面，我是可以帮助你的，但我需要好好琢磨一下，采取什么样的方式将你送入无穷小的隧道是最可行的，毕竟我们没有人曾经尝试过这样的试验。"

　　裁缝说到这里陷入了沉思。窗外的雨下大了，我喝光了杯子里的茶水，起身为自己加了热水，也替裁缝倒了一杯。裁缝依然在沉思，像一个即将走上手术台解剖光子的外科医生。洛特雷阿蒙是怎么知道真有这样的缝纫机和解剖台的呢？他是不是也在一个下雨的夜晚走入过巴黎塞纳河畔某条小巷的深处，发现了一个解剖微观粒子的裁缝和他那几乎无所不能的缝纫机呢？他们在雨伞上作诗，裁缝剥离了洛特雷阿蒙的"诗的皮囊碎屑"，并将它们缝入了塞纳河。这是一个关于诗的故事。

　　裁缝突然像是想到了些什么，说："无论我以什么样的手段帮助你，这个计划想要成功实施，还需要一些别的元素，例如，'纯粹到极致的黑暗'，这是我们成功的关键，可我这里没有这样东西，尽管我可以分离深夜的黑，以及一切黑色，但我却没有那么纯粹极致的黑，经我一生也并没有遇到过那样的黑，这时我们就需要向这条街上唯一的收藏家求助了。我相信在他的藏品之中一定有这样的元素，你必须去把它从他的藏品中暂借出来，我会告诉你他的住处，他现在一定还在他的工作室里做着收藏。"

　　裁缝在说到收藏家的时候，眼睛里有一种不明显的温暖，和他在说到书店店主的时候是完全一样的温暖。我可以理解他们这类人之间近似于灵魂伴侣一般的感情，他们坚持着以自己的审美和执着改变着人们的生活、欲望、思想，尽管这种改变只是极其有限、极其局部的，可他们绝不妥协。他们在自己的空间里构筑着自己的理想国，不会因为外部大范围的不接受、不理解、不赞同而屈从于大众。他们集体反对狭隘化地理解现实，因为现实是一种具有丰厚弹性广延的概念，现实是一个整体，而不是每一个人所看到的局部、局部的局部。当一个人在谈现实的时候，他谈论的仅仅是他周遭的现象以及他通过周遭的现象鲁莽得出的一个非调研的普及性自我断定。现实实际上是无所不包的，而且并不是坚固得无从改变。他们就是那个可以从广义的层面上看待现实，并在自己能够辐射的区域内以自身的秉性撼动顽固的不思考不感受不反对风气的团体，尽管这个团体的成员人数少得可怜，尽管也许这根本就不是什么团体，也许这些独立的个体之间压根儿就没有什么组织，他们只是单纯地对自己的同类采取隐秘的惺惺相惜。

　　裁缝看了一眼窗外的雨。窗外是一片黑夜，不过他应该可以分辨出黑暗背景里每一颗雨滴大小和形状上的差异。裁缝只看了一眼，他的手指却在下意识地弯曲，也许他从雨中又发现了些什么，想要将它们从重力场的影响下完整地剥离出来。他微微地叹息，说："这么多年在极微的观察环境里工作，0已经成为了我永远也触摸不到的诗歌。我本以为自己的手艺和技法已经足够艺术了，可每当我在无限逼近空无的作业环境下认真品味，才觉得我所做的一切与0的空漠无为相比，根本就算不得什么。0是审美的终极，无限小不管如何逼近它，都只是它在意识中的替代品。我曾幻象自己剪裁出一件空无的衣裳，如同《皇帝的新装》里那件虚无缥缈的衣裳。我曾认为那才是我裁缝事业的顶端，我妄图达到这样的顶端，然而如今我才意识到，这基本不是人类可以达到的境界。0如同永恒孤寂、孑然独立的艺术品，没有人可以仿造它，就连无穷小都算不上是它的高仿物，而只能算是人类意志在追逐0的过程中出现的赝品、残次货、废料。我时常在望0兴叹的雨夜里写诗，我的诗原本应是空无的织物，可我永远也无法裁剪出那样的诗歌来了。福楼拜说，最好的小说应该是一部什么都不说的小说，我非常同意他的看法，由此得出最好的衣裳应该是由空无的料子做出来的衣裳，而我用文字写下来的诗，只不过是我意识到自己无法完成自己的宏愿而产下的幽怨之卵。诗人可不是满脑子关于美好、纯洁、神圣玩意儿的愚昧蠢蛋，诗人们邪恶、抑郁、阴暗、晦涩，诗人是生长在潮湿无光环境里的真菌，他们是有毒的蘑菇。他们不遗余力地向外界散发着毒性，苍蝇都不愿意叮咬他们，蟾蜍见了他们都选择绕行。诗人是这个世界上最狠辣的生物，他们不但自己无药可救，还向这世界播撒自己诞下的毒种。他们的言词扫过大地，大地便一片荒芜；他们的字句掠过天空，天空也流下中毒的泪雨。没有什么可以阻拦诗人们肆虐在语言的法律之上，他们是彻头彻尾的无政府主义者，他们缔造自己的律法，然后再用语言将其摧毁。我对诗人们的看法是绝对公正、客观、可信的，因为我也是一个诗人。我不仅仅在缝纫机和解剖台上创作，我的雨伞是我的诗眼，我也在我的笔记本里记录语言的诗歌。"

我忍不住向他表达了想一睹他手稿的愿望，他没有拒绝，默默地走到隔壁的房间里拿出来一个蓝色的记录本。他翻开本子，白色的纸张上有一篇形状奇怪的文本。我凝神细看，竟然发现这是一首有边框的诗，边框的外形以及其中文字排列的样式似乎是一个线性代数范畴里的矩阵式样。他指着这首诗，说没错，这就是他最近一直在尝试的矩阵诗。

裁缝开始念这首诗，他说诗是要念出来的。我表示同意，即便在一个矩阵里，诗也是可以念的。裁缝的声音很飘忽，仿佛是在咏唱着一个异世界的咒语。

$$\begin{bmatrix}
\text{当} & \text{我} & \text{们} & \text{睡} & \text{去} & \text{的} & \text{时} & \text{候} & 0 & 0 \\
\text{雨} & \text{便} & \text{醒} & \text{来} & \text{，} & \text{如} & \text{一} & \text{双} & \text{翅} & \text{膀} \\
\text{拍} & \text{打} & \text{空} & \text{气} & \text{与} & \text{墙} & \text{壁} & 0 & 0 & 0 \\
\text{树} & \text{木} & \text{与} & \text{土} & \text{地} & 0 & 0 & 0 & 0 & 0 \\
\text{直} & \text{至} & \text{它} & \text{们} & \text{渗} & \text{出} & \text{液} & \text{体} & 0 & 0 \\
\text{吸} & \text{附} & \text{默} & \text{然} & \text{无} & \text{声} & \text{的} & 0 & 0 & 0 \\
\text{孤} & \text{独} & \text{的} & \text{证} & \text{据} & 0 & 0 & 0 & 0 & 0
\end{bmatrix}$$

裁缝朗诵完了，他有些激动地解说起自己颇富有独创性的诗歌形式："每一个字的后面都隐藏着一个未知数，文字只是未知数前的系数，同理，整首诗也只是未知数之前系数的组合。矩阵的意义在于，强调了文字背后那一片未知的世界，并且在这漂亮的结构里面，有了空无的符号——0 的参与。人们会在这样的形式中思考，啊，文字背后真正的未知是什么呢？从 x_1 到 x_{10}，每一个未知数的真相究竟该如何揭示？

文字之间应该通过怎样的计算才能求出本质的真解？如果每一个阅读者都可以向他们自己提出这样的问题，那么诗歌的黄昏就不会过早地降临，这也是我作为一个缝纫诗人能够为诗歌世界尽的一份薄力。"

  裁缝沉浸在自己诗歌的意境中，也许他也在思索 x_1 到 x_{10} 代表的真正含义。我喜欢他的诗，也喜欢他融合了缝纫机、雨伞和解剖台的创作孤诣。只是我真的要走了，我要赶紧去他所说的收藏家那里去，从他的藏品里找到那神秘的"纯粹而极致的黑暗"，虽然我并不知道他究竟有没有收藏这类物品的习惯。裁缝对此好像很有信心，他给了我收藏家住处的地址，对我说一定有的，那个家伙什么都收藏。我向裁缝借了他那把挂在门后的伞，走进门外那场不知何时才会结束的雨中。

第六章

收藏家住的地方离裁缝店大概只有步行三分钟的路程，是一幢独门独院的民国公馆式建筑。院子的门紧闭着，门边黄色的墙壁上有一个入内的对讲机。我站在大门外突出的屋檐下，按照对讲机上的提示，按下了带有一个喇叭符号的按钮。对讲机里随即传来一段《奇妙恩典》的旋律，我把耳朵凑近了听，可以在一部入户式对讲机里听到《奇妙恩典》是一件不寻常的事情。旋律播放了很久，没有人应答，我竟在心里也暗暗盼望不要有人应答以免打断了这奇妙旋律的继续播放。雨夜，黑暗无人的街道，昏黄的路灯在潮湿的空气里是一尊尊水底的浮雕。在这局促的环境中有一隅屋檐遮蔽的落脚处，还可以伴随着雨声听一曲《奇妙恩典》，让我在遗失了妈妈之后不安彷徨的精神囚笼里体味到了一些神圣的救赎式意象。曲子刚刚播放到结束的时候，有人应答了，不迟不早，误差不超过四分之一个音符。说话的人是一个老年男性，语速很快，声音里有一股明显的不耐烦情绪。我向他透露了来意，并告诉他是裁缝介绍我来找他的。对讲机瞬间就挂断了，紧接着"吱呀"一声，院子的门缓缓打开了。我走进门里，看见精致的方形小庭院当中种着一颗已过百年的香樟树。公馆的外墙是民国时期特有的灰色砖块，整体建筑风格借鉴了德国和英国郊区住宅的风格，只不过在楼体的空间上做了非常经济的精简，也印证了民国时人们在约束自我欲望与理性的空间配比方面值得称道的克制与反省。公馆的一楼与二楼都没有亮灯，唯独两层之间的楼梯灯打开着，一个穿着灰色外套的白发老者在我不注意的时候已经站在了公馆楼下玄关外侧，一声不吭地暗暗观察着我。

我走上前去做了自我介绍，老头子恍若未闻，只是看着我手里的雨伞。突然他伸出手，示意我把手上的雨伞给他看看。我站进公馆的屋檐下，收起黑色的雨伞递给他。伞身上有细密的水珠，沿着雨伞的外延流向伞尖的部分。老头抓着这把雨伞翻来覆去地看着，仿佛在看着一件了不得的物件。过了一会儿，他终于开口对我说："裁缝这把伞，从没听说他肯借给别人用过。平时别人想见一见这把伞都难，他说这把伞是他的'诗眼'，不可轻易拿出来供人参观，更别提借给别人拿出去遮雨了。这么一说，大家也都能理解，只是人的好奇心往往对于越是难以接触到的东西就越是想要了解。裁缝的伞已经成了这条街上的一件稀罕物，有了它自己的神秘感和调性，我本来以为在我有生之年是难以亲眼得见了，没想到今天晚上就这么轻易地从你手上取到了这把伞的本物，啧啧，世事还真的是难以预料啊。"

老头子用手抚摸着伞身，丝毫不介意上面湿漉漉的雨水。他自顾自地长吁短叹，一会儿面露喜色，一会儿愁眉不展。我见他似乎忘记了我的存在，连忙向他重申了我此行的来意。老头子这才收敛起自己的情绪，有些不情愿地对我说："你是来要'纯粹而极致的黑暗'的？"我点了点头。他"哦"了一声，突然凑近身子，有些神经兮兮地小声对我说："你要也可以，只要你把这伞留下。"我正要说话，忽然从黑漆漆的二楼上扔下来一个纸盒子，正好从白发老头子的肩膀旁边落下去砸在地上，溅起了一片雨水。老头惊了一下，我也吓了一跳。只听见二楼上一个冷冰冰的男人声音传下来："让他上来。"老头子应了一声，给我指了指楼梯的位置。我从他手上夺回了裁缝的伞，老头子对它依依不舍，可我也没道理把一个那么重要的"诗眼"随便就送给一处公馆的管家。

楼梯的灯亮着，我可以看见楼道两边的墙壁上挂满了各种电影的剧照。从二十世纪初的黑白默剧，到有声电影，彩色影片，现代电影，当代电影，品类丰富。我看到了冷面笑匠巴斯特基顿主演的《航海家》、《福尔摩斯二世》。卓别林的《城市之光》、《马戏团》。格里高利·派克主演的《罗马假日》、《百万英镑》。奥逊·威尔斯的《公民凯恩》。顺着楼梯走上去，镶着玻璃的木框剧照一直延伸到二楼墙壁拐过去的顶里面，只不过二楼上一片黑暗，我看过的电影也不多，于是再也说不出什么电影的名字了。二楼的格局与美国郊区 *Town House* 雷同，一条长长的楼道两边分布着好几个房间，房间门都关着，只有其中一扇门是打开的。我在微弱的视力引导下走进那个没有关门的房间里，隐约看见一个男人的身影正站在窗边，用手里一样方方正正的东西在空气中舀着什么。我一直走到他身边，才发现他手里拿着的是一个纸盒。

收藏家对我说："裁缝打过电话来，说你要从我这里拿走我的一件藏品。先不论我有没有这样东西，首先你可有什么能够拿来交换的等价物？"

我想了想，对他说我没有。我确实没有。阁楼上除了我的一些旧书，基本没有值钱的东西。我实在是想不出家里能有什么稀罕的物什可以交换得了"纯粹而极致的黑暗"这种听上去就价值连城的东西。太爷爷辈儿留下来的老石楠木烟斗行不行？还有几枚不知是真是假的古旧铜钱，换不换？我在心里琢磨了一下，觉得肯定不成，便摇了摇头，又说了一遍我没有。

收藏家没说话，用手里的纸盒子一遍一遍地在空气中倒着。窗外有大街上明亮的霓虹灯的光线，我得以看见收藏家脸部的轮廓。他的脸不像是亚洲人的脸型，面部十分具有立体感，鼻梁很高，眼窝深深地陷进去，眉骨是凸出来的，两腮瘦削。微弱的光亮里我看不清他的眼睛，不过即使他的瞳孔是绿色的或者是蓝色的，我也绝不会感到惊讶。我想到了古龟兹国高鼻深目的行商，也想到了波斯时期有着绿色眼珠的货郎。

收藏家手里的动作渐渐地慢了下来，变得轻柔，舒缓。纸盒子在他的手里仿佛变得沉重了，又好像装满了什么介质，我说不上来，只是觉得纸盒子和刚才变得不一样了。刚才的纸盒子里面还有街道上散射过来的霓虹灯光线，而现在纸盒子里面只有一团什么都看不见的黑暗。收藏家轻轻地喘了一口气，用一个纸盖子小心翼翼地把它盖上，转过头来对我说："好了，我们去客厅里坐下聊。"

我跟在收藏家的身后，下楼走到一层的客厅里。客厅并不很大，但已经足够宽敞，放得下两张三人坐的沙发，两张茶几，两盏沙发旁的落地灯。客厅的顶上挂着古旧的吊灯，看上去像是一百年前的灯具。墙壁用米色的墙布重新贴过，没有挂电影剧照，实际上墙上什么都没有。白发老头端过来两杯普洱茶，放下来从我身边走过的时候恶狠狠地盯了我一眼，我装做什么都没看见。收藏家的真容在客厅里显得格外异域，灯光打在他脸上，在他的眼眶和两颊上形成了阴影。我仔细观察了他的瞳孔，依然还是黑色的。他示意我喝茶，自己也喝了一口，开始向我介绍这幢公馆。

"如你所见，这幢公馆是我祖上的房产。我祖父在民国时期是中央政府里的高官，定都此处后，祖父举家搬迁至此。由于他是哈萨克族，而我祖母是塔吉克族，因此我有二分之一的中亚血统，看上去和汉族人的五官就不太相像。请别误会，我是看到你一直在打量我的相貌，所以特地做了这样的说明。这处祖宅至今已经有一百年了，我自小便生活在此，从来没有置换的打算。这处公馆应该是整条街上唯一一座拥有私人产权的公馆，其余的基本上都被军区和政府瓜分。我知道很多拥有这种祖产的家族都已经变卖了产业，移民到欧洲或者北美去了，但是我割舍不掉对这里的感情。公馆虽然不大，但也有将近两百六十平米，一共六个房间，加上厨房、客厅、洗手间、书房，打扫整理起来很不容易，所以我需要一个管家来处理这些日常的事务，就是那位白发老爷子，你已经见过了。他人虽然未见得多么高尚，但是管理起这处公馆来却是很有办法，不用我再操心什么，我需要这样的助手，因此对他的狡猾贪婪，总是睁一只眼闭一只眼。因为你是裁缝特意介绍过来的，我感觉他对你的期望很高，这可是非常难得的事情。我与裁缝相识很久，从未见他如此隆重地对待过一个请求者，甚至把他的雨伞都借给了你。我想你对于裁缝来说可能意义重大，所以我也不隐瞒你什么，坦诚一些对彼此都好。我是一个热衷于收藏的人，他们都叫我收藏家。我至今没有家庭，也没有过几段恋情，因为我将自己的时间都花在了收藏上。我的藏品涵盖的种类很广，几乎包括了市面上所有可以交易的品类。然而这并不是裁缝让你来的原因。我作为一个收藏者区别于其他人的地方在于我也收藏很多不能交易的东西，例如，黑暗。"

我脱口而出："纸盒子里是收集到的黑暗？"

收藏家点点头，说："是的，我持续很多年一直致力于收集夜晚的黑暗，但是黑暗并不是那么易于收集的。这么多年下来，我也只有不到五十个纸盒子的黑暗。在夜晚淘选黑暗，无异于在美国加州萨克拉门托的河流里筛取金沙。黑暗是依附于夜晚的伴生质，或者说夜晚才是依附于黑暗的伴生质，取决于二者之间哪个在语境中占据了主导。我们惯常认为夜晚应该是一片漆黑的，然而夜晚究竟应该被时间绝定还是被光线决定呢？经历过极昼和极夜的人对这样的思考不会觉得陌生。持续半个月的明亮和持续半个月的黑暗，是不是代表排斥了其他的时间段呢？时间一直停留在白天或者夜晚了么？答案是否定的，时间并不会受光线的影像而原地转圈。所以一天二十四小时没有夜晚或者一天二十四小时没有白昼并不是真正指向完整意义上的夜晚和白昼，事实上夜晚和白昼的概念是多元的。我在常年收集黑暗的过程中会思考很多这样关于人类意识和认知的问题，以及词语在表达中的缺漏和泛化。我也曾远赴阿拉斯加和北极圈附近的一些地方去收集极夜时期的黑暗，但是效果很差，因为我无法分辨收集到的黑暗是白昼属性的黑暗还是夜晚属性的黑暗。是的，这很重要。黑暗在其漫长的文明化进程里具有了人类意识的参与性，本质上来说，我们谈论的黑暗只是人类谈论的黑暗，黑暗仅仅是人类认知里一种非常主观化、人本化的视觉现象。我们不会谈论蝙蝠的黑暗，也不会讨论负鼠的黑暗，因为我们的视觉组织、感受力、语言体系和它们完全不同。所以黑暗不是一个全物种的课题，而仅仅只是我们作为人类从自身的感官和理智角度出发在语言中约定俗成的一个名状。我在极夜的环境里待了差不多一个星期的时间，最后还是放弃了。可以说，失去了白昼与其对比、交替的夜晚已经丧失了它的夜晚性，它只是作为一种天象存在，无所谓是白昼还是夜晚，如果一直这样持续下去，称呼它为白昼还是夜晚都完全没有意义。在这个层面上来说，'纯粹而极致的黑暗'只应该存在于昼夜分明的地区，无论是从视觉上还是知性的理解力上，一样纯粹的、极致的东西，应该是在它具有旗帜鲜明的对立物的前提下才能存在的，否则纯粹和极致都只是空谈。然而即便是昼夜分明的地区，如今的夜晚也并不是那么纯粹。我们的夜晚充斥着太多的霓虹灯和照明系统，城市在发展进程中都乐于成为一个真正意义上的不夜城。我在收集的时候可以勉为其难地过滤掉月光、星光、宇宙射线，但我再难以筛除掉来源分散的灯光，这已经超出了我能力的上限。所以这么多年来，我只在一个夜晚真正收集到了'纯粹而极致的黑暗'，那一天的夜里出奇的无光，连声音都没有，是绝对压抑住所有感官的黑暗。那一夜的收藏品在我所有的'黑暗珍藏'中是最具价值和稀有的，如果我把它给了你，我也许此生再也无法收集到那么纯粹的黑暗了。所以我也很坦诚地希望你可以拿一件同样珍贵的东西来与我交换。"

我不假思索地告诉他，我真的没有那么珍贵的等价交换物。

收藏家摆摆手，说："你先别急着下结论，很多人拥有连自己都不知道的巨大宝库，他们只是缺乏开启宝库的意识和方法而已。在我漫长的收藏生涯里，除了黑暗，我还收藏很多其它别人看来稀奇古怪的东西。我收藏半山上的云雾，走遍了几个大陆上绝大多数的山脉，后来发现最珍贵、最稀缺的山云居然就在头陀岭。头陀岭上的云气因为一直在被人吸食，所以显得尤为稀缺。我在观测了各地的云雾之后居然得出了这样的结论，连我自己都很吃惊。数年前我曾上头陀岭收集半山上的云雾，发现云雾以肉眼可见的速度朝着一个中心点聚集，很快就消散一空。我找到了那个吸食山气的人，原来一直都是岭上道观里的那个道士。道士见我拿着瓶瓶罐罐收集山气，嘲笑我暴殄天物，有如此口感的山云居然只藏不饮，真正本末倒置。我与他探讨道论，他说未开悟之人的欲望是守恒的，当一个人关闭了某些方面的欲望之后，被紧闭的欲望便会从其他的出口溢出。而一个修道的人，修的便是如何将这貌似守恒的欲念逐步化解，最终云体风身，与外界再无二致。我领悟到自己在收藏方面的欲望强盛正是因为我在其他方面几乎毫无所求。我钦羡道士可以饮云吞风，然而我自己却无意修道，我更喜欢沉浸在收藏完成的满足和喜悦中。道士并不强人所难，反而赠了我一些云海中凭空生长的无极空花，我很喜欢，也将它们纳入了藏品目录，和头陀岭上的云雾归置在一起。所以，你看，这些常人觉得毫无价值的东西，可能也会是我认为极其宝贵的藏物。解放自己的想象力吧，你的身上其实就有我觉得十分珍贵的特质。"

我不由得有些想知道收藏家在意我身上的哪些特质，只是根本不需要我开口询问，收藏家喝了一口普洱茶之后，自己就接着说了下去。

"首先，你具有愿意倾听的特质，这是非常难能可贵的品质。如今社会的浮躁有目共睹，可以安安静静地坐下来听别人侃侃而谈的人越来越少了。常人听我说这么多，是根本不可能从头至尾都保持高度集中的注意力的。他们更愿意听别人说趣事、闲话、小道新闻，大段的文字从来不读，长篇的宏论从不关注。人们已经失去了投入语言的耐心和觉悟，而更倾向于影像和图画的叙述方式。这是一场全民肤浅化的趋势。人们满足于图案和影像的直接灌输，不再愿意通过文字的中介引起想象，自我构造幻觉，分析判断并加以思考。久而久之，人们会失去思考的能力，因为任谁都是用语言在思考的，而不是图案和视觉。所以我夸奖你的这一品质。其次，是你愿意相信的态度。我相信一个普通人是很难不把裁缝的言语当成是鬼话连篇的神经质发言的，然而你好像对他所说的一切都那么认可，没有一丝一毫的怀疑，这是相当令人敬佩的态度。常人对于自己无法理解的东西总是习惯性选择抗拒，他们怎么会相信一个默默无闻的裁缝会是这个世界上最伟大的极微创作者和诗人呢？简直是荒唐透顶。人们宁愿相信被媒体和资本捧成偶像的艺术家是这个社会的救世主，也不会觉得裁缝的缝纫机和针线可以编织他们从所未见的神迹。因为人们没有自主的判断力，更不要谈什么审美。人们总是被牵着鼻子走，他们对此毫无怨言，反而是异于他们的少数派常常令他们抓狂。拿我来说，我对你说的所有也并不是普罗大众们可以接受的。收集黑暗，收集云雾，他们会觉得我只是一个头脑有问题的神棍，但是他们倒不会明面上反驳我，而只是背着我私下里数落我的乖僻和精神异常。这是他们最龌龊猥琐的行径，无论是男是女，都一样的龌龊、猥琐。人们不信任与他们不一样的群体，他们只看得见他们眼界范围内的同类，无论这眼界是多么的狭隘、局限。在这一点上，我和裁缝的观点是一样的，人们认为的现实只是他们从狭隘的身边事件推导出的结论，而不是宏观上的绝对现实。而你，无论是面对裁缝，还是面对我，都没有显露出丝毫的质疑和排斥，你愿意接受与你的日常生活相违背的事实，从本质上来说，你是一个具有博大的人格容量和宽广理解力的人，我尤其欣赏你的这一份特质。"

　　确实如收藏家所言，我丝毫没有质疑过裁缝和他。我甚至都没有让裁缝拿出一件他缝入了诗歌和影像的衣服来证实他所言不虚，也并没有让他当场演示。也许一个躲藏在小楼二层有点奇怪的裁缝能说出那样一番言论已经足够令我信服了吧。我说不好这样的信任，只是发自肺腑地认为这样的信任才动人。从吃纸书店开始，我对店主的信任也是没来由的，但其实并不是真正的没来由。一切看上去没来由的事情都深藏玄机。我对此的解释是；当超越理性的直觉在事件当中占据主导地位时，便应该权衡，究竟是理性分析有可能得出的结论更符合事实，还是感性直观的判断更贴合真相。判断其实是理性的范畴，感性并不介入判断本身。不知不觉中，理性就已经混杂在感性里做出了自己的断定。我时常对感性和理性二者的联手冷眼旁观，即便我将它们各置一边，保持距离，我觉得也未必便能得出更加高明的结论。感性是统觉舞池里永远活泼的舞者，它的舞裙几乎覆盖了整幅区域。理性是坐在场边弹奏舞曲的钢琴师，它用手指在黑白键上跳舞，它将舞步精准地分割为频率、强弱、密集度。我不动声色地观察它们，仿佛我是一个热衷的观众。不过它们的合作确实赏心悦目，我想不出孤零零只看舞蹈或者只听舞曲的理由，自从形而上学被批判哲学的认识论替代之后，我在观众席里就看到了康德、费希特、谢林、黑格尔、叔本华。直觉并不是纯粹的感性，它只是暗含了理性元素的感觉变体，理性隐藏在直观显像的后面，不愿意被情绪发现，从而为扑朔迷离的真相呈现留下一个理性出场的余地。我比常人更能面对匪夷所思的事情，超现实的认知能力在填塞式教育院校的教科书上永远无法习得。撕书吃纸的人们在夜晚的路灯下也许还在进食，头陀岭上吞云吐雾的道士可能在读着道藏。这世界是不可解的无限多元方程，有人可以在印度洋的小岛上以月相为图腾认为自己的祖先是比目鱼，便有人可以在民国公馆的二楼房间里用纸盒淘筛黑暗，这是同样性质的事情，一样的自然而然。

　　我表示同意收藏家的看法，并感谢他对我的称赞。收藏家捧起茶杯喝茶，然后揿响了沙发旁边的一个按钮。一会儿工夫老头子就从门外走进来，收藏家让他给我们的杯子里加点热水。老头拿来了热水壶，加完水后就把水壶留在了茶几上。我们喝了一会儿茶，收藏家接着侃侃而谈："收藏并不是一个小众的爱好，事实上当今社会上做收藏的人很多，只不过这个群体里的大多数人都是以经济利益为目的而去收藏对应的物品。收藏市场上，交易最多的无非是古玩、邮票、钱币、石料。因爱好而收藏的人也有，比如一些娱乐传媒品牌的周边产品也是有人收藏的，他们自己形成了一个圈子，藏品在这个圈子里也有它的价格，时间长了，也就有了功利买卖。我说的这些人，都算不得真正的收藏者。纯粹的收藏者，并不在乎一样物品的价格，他在乎的应该是某样物品与其精神的共鸣。共鸣，无人不知的词语，可并没有多少人真正体会过共鸣。在词语泛滥并被滥用的今天，人们擅长搬弄并不了解其所指的词汇，好像已经体验过了所有词语背后的真相，这是荒谬且悲哀的。一个真正意义上的收藏者，是在收集自己精神和感官的对应物，物品通过感官的摄入，要不偏不倚地嵌入精神领域里的空缺，严丝合缝，不能有哪怕那么一粒沙子的勉强和不容。收藏者收藏的不是物品，而只是自身的广延，是自己在物质世界里的投射。不存在毫无价值的收藏品，价值只是收藏者自己精神需求的体现。收藏者无法为另一个收藏者的藏品定价，因为他无法去评估别人的精神。可以被估价的藏品不是纯粹的收藏物，它们只是整个商品经济社会当中以'奇货可居'为噱头的虚伪的奢侈品。所以，你一定有一些可以让我觉得对我很有价值的东西，比如，你的梦境。"

"梦境？"我有些狐疑。

"是的，梦境。每个人都会做梦，可是能被记住的梦并不多。记不住的梦无可收藏，它们已经被时间掠夺。我在尝试收藏被人们记住的梦。不过梦与梦之间的差别非常巨大，在被记住的梦里，有些乏味、琐碎、平庸至极，基本就是一个普通人日常生活的重现。也有一些惊悚、恐怖、刺激古怪，是常人没有得到满足的欲望在沉睡时多巴胺与神经电的变异。这两种梦对我来说都是毫无意义的，一种过于普通，一种又过于谄媚。目前为止，我只成功采集了两个人的梦境，一个来自于书店店主，一个来自于裁缝。书店店主的梦境在一株距离地面有两光年之遥的大树上。树身有无数个树洞，他就躲藏在其中一个树洞里。树洞里有数不清的书籍，除此之外就再无别物。他在树洞里读了差不多有几百年的书，终于觉得厌倦了，想回到地面上去。于是他从树洞里跳出去，可是外面的空间里没有重力，他只能在大气层之外的空间里漂浮，每日目睹恒星爆炸形成的宇宙黄昏，倾听银河系外的离子风吹来的核裂变的协奏曲。就这样他在外太空漂浮了好几年。突然有一天，他鬼使神差地打开随身携带的行李箱，拿出口气清新剂对准陨石残骸喷射，地球的重力接收到了他的讯息，冲破重重束缚来到他身边，将他重新拽回了地球。落向地面的过程中，他邂逅了一个跳楼自杀的女人，女人在与他一起下坠的时候托付他去照看她的拉布拉多犬，并把地址写在了空中经过的白鸽身上交给了他。二人同时坠地，女人死去了，而他安然无恙。他决定按照白鸽身上的地址去找寻那只拉布拉多。"

我不禁被这个梦境的内容迷住了。收藏家的声音非常平缓、沉着，他叙述的方式让我觉得他是在向我传达一则古老的寓言，而不仅仅是一个梦。富有象征意味的元素贯穿了整个梦境，无论是高达两光年的巨树，还是充当信纸的白鸽，都将这个梦境托举到了宗教和圣诗的浪漫山园。我同意收藏家的看法，这样的梦境才是值得收藏的、仿佛艺术品一般的梦境。

收藏家观察着我的表情，说："请原谅我赘述了这么一大段我的藏品，如果你还想继续听下去的话，我将继续对你介绍裁缝的梦境。好，你不反对，我就继续说下去了，任何时候觉得厌烦，可以随时打断我。"收藏家做了一个截断的手势。"裁缝的梦境有着鲜明的裁缝印记。梦一开始是在巨大的缝纫机台面上，裁缝缩小得只堪比一粒针尖。他朝着缝纫机上高悬的针头跑去，可他太小了，以他的速度可能要跑上一天一夜的时间。但是他不管，铁了心地往那个方向奔跑。他跑了很久，一直跑到天黑了，他才在广袤的缝纫机台面上找了一处可以安睡的地方休息。睡醒之后他继续奔跑，远处高悬的巨针像是这片看不见尽头的大地上方长条形的太阳。裁缝又跑了一个白天，终于接近了他的目的地。他站在硕大的宛如一个星球一样壮观的圆形峡谷前面，仰望着头顶闪闪发光的天体。就在此时，天体落下来了，裁缝想都没想，纵身一跃，朝着天体下坠的峡谷跳了进去。他感觉到自己融入了针尖，他作为一个极微的元素被缝进了空气里，被缝进了他所向往的'空无'，他感到自己身体的皲裂，破碎。他像一匹布一样被拆解成丝线，他的血肉灌进了'空无'的瓶子里，他以一种重组的颗粒物形式成为了'空无'织物里不可被感知的一部分。"

我爱这样的梦境，我在收藏家的叙述里犹如坠入了这样的梦境。多么令人神往的空间，梦境的神秘之处在于它可以将梦里的每一个微小念头都详尽地记录下来，超脱语言和图像，以梦特有的形式保存。收藏梦境的人犹如在缔造没有障碍的世界，造梦者可以轻易地将视觉化为嗅觉，听觉化为触感，他们可以用手去观看一支蒲公英，用眼睛倾听肖邦。梦境标本将会是二十世纪二十年代超现实主义者们的图腾，会令达利对自己的超现实主义绘画感到羞愧，会使阿波利奈尔对自己的诗歌觉得乏味。

"可是，"我问收藏家，"怎样才能将梦境提取出来呢？"

收藏家回答我："这是很关键的问题，是否可以将梦境从造梦者的精神世界里提取出来，是梦境收藏能否成功的前提。按道理来说，梦境产生于大脑皮层下的潜意识神经活动，被记住之后经过海马体的短期存储，再进入长期记忆区域。一般认为，梦和造梦者的脑部紧密联系，不可剥离。可是经过我和书店店主、裁缝三个人的反复推敲，我们发现，因为我们的所有思考都根植于语言，所以在语境和心理同一的情况下，我们可以把一些现象通过语词的调整而进行重塑。这在原始人的语言当中便有了先例。北美广泛通行的契努克印第安语中，人们如果要说'一个恶人杀死了一个穷孩子'，用契努克语翻译过来就是：'这个人的恶性杀死了那个孩子的贫穷'。他们把'这个女人用一个很小的篮子装委陵菜根'说成'她把委陵菜根放入一个蛤篮的小中'。我承认，这样的表达并没有挽救孩子的生命，也并没有不占用篮子。那是因为在契努克人心目中，孩子和孩子的贫穷一同死去了，篮子和篮子的小一同被占用了。所以，他们的言语表达符合了他们一部分的心理投射。书店店主在对我和裁缝提出这个理论后，更加深化了思考，尝试着将梦境和我们对梦境的认知颠倒过来，并配合语词的表达，使得梦本身脱离造梦者精神层面的钳制以及语词法律对它的束缚。意思就是，我们通常会说'我做了一个梦'，这样的表达已经成为了一个根深蒂固的习惯用语。主语必定是人，宾语一定是梦，我们觉得这天经地义，水到渠成，我们用语言将这一概念稳固地定型在认知之中，从而再反过来一遍一遍地浇筑语词的钢骨。于是，梦无论是从精神层面，还是从物理层面，都被大脑禁闭在自己的牢笼中，语言成了它牢狱的看守。现在，我们要把它反过来，我们用自己的认知影响自己的言词，从而再对精神施加催眠术，使梦从精神的管辖里获得主权，成为主体，具有自己的主观能动性。因此，我们三个商量许久，最终决定调换主语和宾语的位置，将那句习以为常的陈述句转换为：'梦做了一个我'。这句话具有划时代的意义，它基本上推翻了精神分析的根基，反思了人类自大的主体情结，并将自身理性地划归到被创造的角色本体上。从此之后，我们不再造梦，梦生产我们的投影，锻造我们在精神层面里自身的复制品。值得注意的是，在说这句话的时候，首先在意识当中必须完全赞同言词的意义，否则是不会有什么效果的。语言可以欺骗同类，但无法欺骗自己的精神。只有当语义和心中所想完全一致的时候，现象才会发生。书店店主和裁缝做了很多次的试验，他们最终成功剥离了自己的梦，我才有幸地成为了二人之梦的收藏者。说了这么多，我想问你一句，你可有记住的、值得我收藏的梦境呢？"

　　我有么？我不太确定，记忆的仓库像一座永久封闭的孤岛，在我的脑袋里早就贴上了封条。麻木的思维在躯体里不情愿地游走，占地不到两平方米的我对于我那年久失修的记忆力来说太过广袤了。神经电越过一片荒漠，我不知道一直龟缩在阁楼里的躯体竟然已经戈壁化到了如此的程度。精神在无生命的沙海中寻找绿洲，徘徊，逡巡，仙人掌的影子里没有海市蜃楼。没有水，没有血液，没有淋巴结和腺体。蛰伏在不动的躯壳里太久，连蛰伏都已经腐烂。充斥着沙子和充斥着盐水的地方都是荒漠。海洋里没有生命，鲸鱼和珊瑚都只是它的幻影。沙漠是戈壁老去的样子，却越老越纯粹。骆驼不是沙漠里的行舟，它们只是沙海为自己定制的光标。荒芜，裹着头巾的阿拉伯人在时间的沙堆里浪荡。浪漫在肃杀的空气里如何被塑造？寒冷静谧的沙漠之月，与夜晚绽放的花朵。

我忽然想起了那个梦。那个寂静、黑暗到极致的夜里，我做的那个荒唐的梦。不，应该说，是那个梦制作了我。漆黑的巨大摩天轮、舱室中的我和妈妈、不停变换的光影、妈妈看见的棺材、作为观察者的我。我觉得这是我唯一可以出卖的梦了。也许，可以说是它逃离了我。我向收藏家提起了这个梦，收藏家屏气凝神地听我诉说这个梦境的内容。说到梦的结尾，巨大的摩天轮缩小成一朵牵牛花，然后消失不见的时候，收藏家有些激动，他从沙发上站起来，像要抓住那朵花一样的摩天轮似的伸出了手，我才反应过来他是要和我握手。他抓住我的手，他的手滚烫，微微颤抖，力气很大。他说他一定要收藏这个梦，并且愿意用"纯粹而极致的黑暗"来交换它。我并没有多么开心，到现在我还不知道该如何救出妈妈，方案一直沉在水底，浮在水面上的只是一些松散的细节。谁能把它们拼在一起呢？

收藏家很快就收敛了情绪，他毕竟是一个得体的世家传人。收藏家以一种晚会司仪的语调对我说："好了，我们的交易现在已经有了初步的协定，下一步就是交换物品的环节了。在提取你的梦境之前，我想先带你去看一看我的藏品，以免你不放心。我和裁缝不同，他的作品可能并不适宜观看，而我的藏品却是可以一目了然的。当然，藏品不在这幢公馆里，这么小的空间放不下我几十年来的收藏，环境也并不适合储藏。我的很多收藏物需要特定的湿度和氧气含量的空间才能长时间存放。好就好在我的祖父当年派人在公馆的院子下面挖了一个空间充足的防空洞，这也是当年作为政府高官的一项便利。我的父亲后来找人把防空洞做了一些改造，原本是他做红酒和古巴雪茄储藏之用。房子到我手里之后，我又添加了一些装置，足以作为我藏品的储存室了。请移步，跟我到这幢房子的底下去看一看。"

　　收藏家叫来了老管家，嘱咐他去打开地下室的门，他自己领着我走出屋外，绕到了房子后面、院墙和房屋的夹角处，这里好像有一个方形的地盖。我撑开裁缝的伞，把我和他都挡在雨水的外面。老管家过来打开了通往地下的门，掀起地盖之后，我看见了一条斜斜的朝着地底延伸的走道。收藏家迈步走了下去，我紧随其后。走道并不长，收藏家走了大约几十步之后，打开了整个地下室的灯，我眼前豁然开朗。巨大的地下防空洞足以容纳数千人，空间被改造之后，有了一个一个的独立隔断，看上去像是一个个的房间。顶上吊着明亮的新式 *LED* 挂灯，墙壁没有涂色，是本色的水泥涂层，墙上的开关清一色选用的黑色面罩，配合吊灯红色的灯罩，视觉上有工业化的小红莓艺术感。收藏家带着我参观每一个隔断里的藏品。我看到了许多之前都不曾注意过的东西。比如汽车轮胎被磨平后的条纹、不同程度损坏的尖嘴钳、烧了一部分的磁带、乒乓球拍的握柄、断掉的眼镜腿、纸质书的书脊部分、电风扇的叶片、座椅的扶手等等。当然，收藏家也有很多常规的藏品，例如堆积成山的邮票册、成吨的古钱币、一眼看不完的、说不清年代的旧物。他告诉我，这都是他年轻的时候胡乱收集的，那时候还不明白什么叫不功利地收藏，现在已经不关心这些了，只是偶尔让老管家从这些藏品中挑几件去卖，维持公馆的日常开销。

　　他把我领到防空洞深处，他近期的藏品是放在最后面的。我看到了装在瓶子里的山云，瓶子的标签上写着出处"头陀岭"和收集的时间。山云不是死物，兀自在瓶子里不停地翻腾、回转。我在凝视山云的时候产生了一种错觉，恍惚间觉得收藏家把整个头陀岭都微缩在了一个小小的玻璃瓶中，山云里依稀有陡峭的盘山路，四季常青的树木，和孑然独立的云中道观。收藏家把我领入最里面的一个隔断，这个隔断里很空敞，只有两个玻璃笼子。笼子里正在进行着小型的色彩雷暴，我在朦胧的视觉里看到玻璃壁后面时隐时现的白鸽、缝纫机、针头、宇宙黄昏。我明白这就是书店店主和裁缝的梦境，我没有想到它们竟然如此华丽、绚烂。我迷醉在色彩和意象的闪电里，我的瞳孔中尽是风声。

　　收藏家在墙角的一堆纸盒里挑出一个，拿到我的眼前告诉我，这就是"纯粹而极致的黑暗"。纸盒是白色的，边上贴着标签。我看到纸盒上标注的记号是"θ"，便问收藏家这记号代表什么。收藏家说"θ"就像是一个太阳，一个黑暗的太阳，它悬挂在夜晚的天空上，把黑光铺洒进每一个角落。他郑重其事地打开盒子盖的一角，我从张开的缝隙中瞥见了惊人的黑暗。旋即他就把盖子合上，说不可以长时间地曝露，否则黑暗会从盒子里逃逸出来，消解在光幕下的影子中。我询问他何时要取出我的梦境，收藏家审慎地回答我，靠他自己是无法取出我的梦境的，他要等一个专门负责取梦的人。

　　"走吧，我们要去屋檐上与他汇合。"收藏家对我说完，转身沿着原路往地上走去。我跟在他后面，走过长长的防空洞，顺着下来的斜坡回到地面。白头发的老管家还在入口处等着我们，雨停了。被一场大雨洗刷过的夜晚是嗅觉的盛宴。在湿润的空气里可以闻到雨云所在位置上的芳香、树木与昆虫结合产生的琥珀气息、根系密布的土壤里每天积存的紫外线味道，都在这湿漉漉的黑夜躯体上蔓延。鼻粘膜摄入这些气味，气味在鼻腔和脑前额叶之间有自己的博物馆。我贪婪地吮吸着这样的气味，欲望在黑夜里肆无忌惮。收藏家看了看时间，对我说："差不多他要来了，我们去二楼，从悬梯上屋顶。"

公馆二楼有一个设备间，悬梯就隐藏在墙角凸出部分的后面。收藏家爬上悬梯，推开屋顶上一个正方形的小门，人从开口处钻了出去。我在他后面爬上去，站在了屋顶上一处比较平缓的坡地上。因为周围都没有多层的建筑，所以房顶上的视野非常的好，可以看见远处毗卢寺内浮屠的飞檐。收藏家上来之后没有说话，只是负手站立，脸朝着毗卢寺的方向，好像在等待着寺内飞出被张僧繇点睛的画龙。我也陪着他一起遥望以姿态暗喻禅心的飞檐，那斜飞入空的不著于尘确实不应存在于这唯物的俗世之中。只是他到底在看什么呢？收藏家一言不发，他面对的方向毫无动静，黑暗中的他宛如一尊入定的老僧，在观看着不知在这黑暗某处的般若。远处的屋檐上忽然有了些声响，我听得出是屋瓦被猫踩过后发出的声音。声音越来越响，越来越密集，我看见月光从乌云里钻出来，照亮了远处低矮的屋瓦上几十只飞快奔跑的猫咪。猫咪的后面拖着一块雪橇板，雪橇板上站着一个人。这是我的视力在黑夜里可以看到的景象。猫儿们的速度很快，眼看着已经接近了毗卢寺的佛塔。平房的瓦顶很矮，和佛塔之间也有不短的一段距离，我怀疑猫儿们拉的橇就要停在佛塔后的那个屋顶上了。他们已经来到了那片屋顶上，猫儿们并没有减速。下一刻，我的眼睛被月轮晃了一下，数十只猫已经纵身跃上了半空，连带着后面橇上的人一起，攀上了毗卢寺万佛塔的飞檐。猫儿们轻车熟路地又从飞檐上跃起，借助飞檐上翘的斜度，在空中恍若一条无声的飞龙。收藏家示意我往后退几步，他自己也将身前留出了一大片空间。两三个起落之后，几十只猫和那个橇上的人已经站在了我和收藏家的眼前。那人从橇上走下来，向猫群发出了一个指令，猫儿们便集体俯下身子，在屋顶上无聊地舔着自己的身体。他走到收藏家跟前，两人握手，寒暄了几句，收藏家便把他带到我面前，对我说："这位就是可以取出你梦境的人，在夜晚潜行于屋顶上的食梦者。"

食梦者是一个看上去大概三十岁左右的男人，体型瘦小，我看不清他的长相，只是单纯凭直觉认为他应该长得像一只猫。他向我走过来，我正准备介绍自己，他却围着我开始转圈，中途还间歇地用鼻子嗅我身上的气味。一圈转下来，他又回到我面前，若有所思地对我说："唔，我好像没有吃过你做的梦哩，没有匹配的气味，唔，没有。"

我不禁哑然失笑，问他："梦可是怎么一个吃法？"

他挠了挠自己的脑袋（那动作可真像是猫），说："梦嘛，直接吃就好了，我都吃了十几年了。只是现在人普遍做的梦质量不高了，多的是声色犬马、各种荒淫腐烂的梦，我最近经常吃坏了肚子。还是十几年前的梦好吃，艳丽、丰富、美好，具有想象力和创造力。以前这一带住着很多孩子和一些做纯粹艺术的人，那段日子是我记忆最深刻的时光。每天晚上夜深人静的时候，我就在这片居民区的屋顶上吸食孩子和艺术家的梦。棉花糖一样的梦境和手术刀一般尖刻的艺术触觉使我大饱口福。可是后来孩子们长大了，一个接一个地都搬走了。纯粹艺术家们没有收入，有些疯了，被送进了精神病院，有些死了，被洒在了江里，有些不做艺术了，他们的梦境变成了坚硬的木雕，我就再也没碰过。被人们记住的梦我触碰不到，那是被他们的精神保护起来的私有物，我平时吞吃的只是人们记不住的梦，精神对它们没有约束力，这些梦境就在夜晚的空中如同气球一样漂浮在屋顶上，那正是我的午夜餐桌。"

收藏家这时候走过来接着他的话说："没错，我，裁缝，还有书店店主的梦都被他食用过。我们本来是不应该发现他的行踪的，只是有一天我发了梦游症，鬼使神差地走到屋顶上，他正在屋顶上吞食着我的梦，忽然间被梦游的我吓到了，我也得以惊醒，这才知道原来还有他的存在。相熟之后，我突发奇想，托他帮助我提取别人的梦境作为藏品。这样的要求，对于他来说，也只是举手之劳。"

我点点头，说："那我们马上下去回到屋子里进行采梦吗？"

食梦者严肃地回答我："不，我只在屋顶上活动，不会再进入任何建筑物，也不会再回到地面上了。我只是一个屋瓦上的流浪汉、飞檐上的望月者，以梦为食，以雨为饮。自从十几年前在头陀岭上遇到道士，他再三叮嘱我一定要抛弃人世间的生活，只能行走于屋顶和瓦樑，以别人散碎的梦为口粮，我就再也没有打破我的宏愿。所以，你必须在这个屋顶上放弃你对自己梦境的精神占有，我也只会在这个屋顶上剥离你的梦。"

我看了一眼收藏家，他并无异议，我明白自己只能在这雨后潮湿的屋顶上尝试着切断梦境和精神之间的联系了。我清了清嗓子，小声地念了句"梦做了一个我"。毫无反应，猫儿们依旧在无聊地舔舐身体。我又念了一遍，收藏家站在一旁用脚尖打起了拍子。我念了第三遍，声音在湿润的黑夜里传得不远，食梦者双手抱胸站着，我觉得他可能也想像猫儿们一样舔自己的肢体。我终究还是做不到相信"梦做了一个我"是一个活生生的现实。如收藏家说的那样，如果我的精神不能理所当然地认定这句话的真实性，哪怕我说再多次都无济于事。理性在其中阻挠着我相信这样的言语，它一丝不苟地履行着自己的职责，将"真实"与"虚构"严格区分。不，这不是虚构！我想到收藏家对我说的话。眼前习以为常的生活才是虚构出来的，好似一场盛大而普及的虚构嘉年华，每一个人都沉浸其中，感性直接沦陷，理性早已被绑架。图腾、灵魂、禁忌、王权，统统都是虚构出来的！我在语言失灵的无奈之下深入了对虚构的思考。想象力忽而化作收藏家的模样，忽而化作书店店主的形象，忽而又是裁缝的轮廓，在我的意识之海上讨伐着被装点成现实的虚构。社会是被虚构出来的，正如武侠小说里经常提及的江湖。什么是江湖？有人的地方，就有江湖。江湖是一个纯粹从人群之间的交际、互通、逢迎、勾结、联盟、敌对、帮扶、打压、恩怨、情仇等种种错综复杂的综合事件与情感体系里抽象出去的概念，正如被抽象化的社会。"君权神授"这样的吹嘘是人类虚构神话的本能，而所有的神话故事又都是同一个故事，关于救赎与自我救赎，关于恐惧与自我安慰，关于自私的本我与竞争的焦虑。虚构的社会派生了一连串的虚构衍生品，最突出的当然就是政权控制的法币。在以贝壳和贵金属的锻造物为流通货币的年代，统治者将虚构的价值和兑换比例赋予了稀有的实体，政权通过代为锻打钱币的方式在过程中克扣斤两，从而达到从人们手中攫取利益的目的。如今却连稀有的实体都被抛弃了，政权发放给人民的只是一张张印有数字、头像和防伪标记的纸张。虚构社会觉得货币的金银本位制太不虚构了，虚构应该是无中生有的艺术，强权哪怕指着空气对平民说，看，这就是货币！被统治的民众们也会深信不疑，这就是虚构的魅力。在金钱虚构的基础上，资本、地位、身份、头衔等虚构概念全部应运而生。人们不再追逐精神的饱满与内心的宁静，人们开始追逐身份、地位、权利。宗教本是虚构的，可宗教的虚构在虚构的虚荣功利面前已然相形见绌。耶和华与安拉败走耶路撒冷，佛陀与三清成了人们祈求钱财和平安的二道贩子。这是一场虚构之间的战争，当所有宗教都被新兴的虚构体系征服的时候，新的宗教便冉冉升起，它没有需要反复研读的经书，也没有需要把持秉承的清规戒律，新宗教的神是欲望的化身，是虚荣的图腾。此前所有宗教虽然是虚构物，但其仍然是以虚构来对抗虚构，然而新的宗教却鼓励信徒们投身于虚构，与虚构缠绵，教义指引虚构才能通向终极的幸福，欲望正是人们的利器。它与所有宗教悖反，它背叛了其他宗教共同抵抗虚构的战线，它鼓吹虚构，它将虚构乔装成真实。

可我们应当如何规避虚构？为何我们总是在创造虚构？我在思维的沟壑里困惑。因为人类用语言思考，而语言正是人类最伟大的虚构物。想象力化身的书店店主对我耳提面命。尼采说："人类用语言创造了第二个世界。"索绪尔说："语言是语言的使用者之间约定俗成的法律。"语言当然是虚构的，没有人会蠢到以为自己嘴里蹦出的词汇就是物体本身，那么世上最有财富的人必然会是最能说会道的那位。但是虚构的语言在长期的使用中形成了稳固的意指过程，能指在指向所指的进程里一遍遍被强化，以至于今日它们牢不可破，它们变成了流水都无法击溃的精神淤积。人类在共同的社会基础里有着相同的语言思考，语言在这个联通的容器里被上亿次地使用、加固、渗透。人们彼此拥有着彼此的大脑，借助语言，人们甚至可以互联情感。没有什么是这种虚构的符号不能传递的了，然而这种传递当中的损耗和阙失正在渐渐被人们忽略。人们将"面包"当做真正的面包，可他们却不去想真实的面包总是存在着或多或少的差异。人们将"爱"当做真正的爱，可他们却不去思考真正的爱也许永远都不存在于语言之中。语言将真实的界限模糊化，将所有近似与约等于全部省略。于是面包有了一个大一统的世界，而分门别类、精妙绝伦的爱意也被迫成了清一色的量产物。对现实的细腻触感在语言的滥用中退化了，更可怕的是人们使用这样被滥用的语言不断地进行思考。于是思考也泛化了，它不仅仅是一个虚构物，如今又成了一个愈来愈失去精密性和严谨态度的玩世不恭的鸡肋。再来一次行星冲撞或者大海啸，有多少思想可以保留下来？劫后余生的世界里，失去边界和操守的语言还能不能重新站上统治的山顶？我们淹没在虚构的语言海洋里，我们是用腮呼吸的鱼，逃离语言就是逃离生存，只有跃出海面的片刻才是真实的。所以，海洋对于陆生动物才是真实，陆地对于海洋生物才是非虚构。我们都活在各自的虚构中，抵抗虚构意味着面临死亡。也许在真实的境况下，沙土可以在长风中积淀，火焰可以在流水中燃烧，然而我们看不见。我们的认知已经被锁定在虚构里，我们看到水熄灭火，风吹走沙，月亮反射太阳的光线，人们摘不下夜空中的星星。一旦被一个更强势的信念统一了认知，人们就再难以凭借独自的想象力破碎体系，因为人们的思想是互联的，单体的念头还未升起，就已经被数量巨大的大多数稀释在液态的思维浪潮中。所以逍遥如庄周者，亦只是在探讨"我梦蝶"或者"蝶梦我"，而不是"梦做了我与蝶"。虚构的语言抹杀了多余的想象力，因为想象力将是它的毒药。

我将在今晚重新寻回被语言扼杀的想象力，因为我在这样的思考中发现，想象力到达的并不只是虚构，还有对虚构的抵抗。我不要之前所有误以为真的虚构，尽管我也许永远抵达不了真实，但也许我可以凭借对虚构的抵抗而达到认清虚构的宏旨。只要我一天没有放弃语言，就一天没有办法从水里跃出空中，也无法从空气中堕入水底。一旦水环境足够恶劣，鱼也会在水中窒息；火焰笼罩的天穹下，苍鹰也会闭住口鼻。也许我们总有一日会在虚构的环境中灭亡，我们在有生之年向往真实，我们渴望美丽的花朵开满山谷，可我们却满足于诗歌里的玫瑰。矛盾的人生与信念，认清虚构并不能摆脱虚构，但我宁愿醒觉而不愿陷入无知的泥醉。音乐比语言更加真实，我不知道音乐是不是纯粹的真实，但至少它并不描摹现实，也不伪装自己就是现实。它坦诚显露自身的抽象，不教唆亦不说教，音乐总是直白地呈现自身，我不知道它是不是纯粹的真实，因为我的听觉亦可能只是虚构的，但我满意音乐的态度，它从不标榜自己就是现实。歌者常常运用歌词的幻象，歌者的表现力之中有一种人类的勉强，语言介入了，彰显自己可以侵入一切的自大。我爱的是纯音乐的表达，单纯的乐器之声。我想起格奥尔基·赞菲尔，在罗马尼亚布加勒斯特市宪法广场的音乐会上，用排箫吹奏《孤独的牧羊人》。安德烈·里欧手执小提琴站在旁边学生一般聆听，他身后是整个约翰·施特劳斯乐团。格尔奥基·赞菲尔排箫里突然拔起的高音像要飞出整首曲子那样突兀，他用单音吹奏，有时候用短小的音群，没有完整的旋律，旋律在高低错落的气息中是高原上犬牙交错的山峰。赞菲尔手中排箫的音程不够用，他从高音 *si* 吹到低音 *do*，他的嘴甩出箫孔，他吹空气，吹尘埃，吹最低音旁的虚无，然而这也是演奏的一部分，是牧羊人孤寂的留白。高音往低音滑落，低音向高音攀升，赞菲尔的气息越过音域的边界，他把排箫甩向前方，音符里有了风声，以及悬崖的陡峭。他吹出来的音只是这首曲子的一小部分，而一大部分是人们没有听出来的音符，是气息拴在空无里的回响。他在吹奏里奔跑，排箫在后面追他，然而雷声永远追不上闪电。赞菲尔在逃离排箫的时候，他吹出来的音符也在逃离听觉。这是一场双重否定的本体出逃。逃亡，人们终其一生都在逃亡，躲不过的阴影与死亡之力。逃离禁锢，逃离真理，真理只是另一种形式的禁锢，是符号思维的强权意志，我在非理性的直观中回归自我，回归起源的真实，尽管无论是感性还是理性，都只是意识对外界的虚构和编造，但我也要尽量地靠近真实。靠近，如同通过无穷小靠近0。"空无"，仿真的"空无"，0是"有"在"无"中的动机，意识萌芽于此，"空无"不空，符号的产生便意味着本质的消亡。

　　我在逐渐模糊的认知中哈哈大笑，手舞足蹈，我双手打着拍子，脚下踩起了毛利战舞。我绕着屋顶疾走，跳跃，旋转，周遭的一切在我眼里视若无物。一切都是虚构！我在漆黑的夜晚里高声呼喊。一切都是捏造！有人在黑暗的远方与我呼应。此时此刻收藏家和食梦者都介入不了我的领域，我在自己的领域内重新塑造规则。我否定语言，否定语言学和音位学，否定语言的起源、分类、发展，否定语言世界里的逻辑和法律。语言不等于语言的所指，语言只是真实之物廉价而粗糙的替代品。语言是被滥用的无机物，语言不从土壤里生长而直接在空气里开花结果。语言是所有无知者用来遮挡下身的亵衣，然而真正的羞耻处却在头顶。语言是虚构的战场，在虚构里争夺输赢的人群被语言标榜。语言是杀人的利器，拳脚兵刃杀死人们的肉体，语言诛杀的却是人们脆弱的内心。语言不是什么法律，语言本身才应该被绳之以法。惩戒它、鞭笞它、戏耍它。语言的黄昏来临了，杀死语言的最好方法是漠视它的规则。我要推翻主谓宾、名词、动词、形容词、定语、状语、补足语。我要看着语言坠落山崖，再被谷底的野兽分食。我在此时终于站在了语言的对立面，我的精神已经彻彻底底地挣脱了语言的钳制，我在寂静无声的屋顶上大声念着：梦做了一个我！

没有风雨大作，没有天降异象，什么都没有，公馆屋顶上比之前还要更安静了一些。不过我确实感觉到有什么东西在我脑袋瓜里破碎了，镣铐被巨斧斩断，药片被杵成粉末。精神抛弃了一个沉重而诡谲的梦境，显得有些空荡、寥落。猫儿们不再舔自己的脚掌，全部站立起来对我抱以猫的凝视。食梦者悄悄地来到我身后，在事先没有声张的情况下，冷不丁地对着我的后脑吹了一声口哨。雨停了之后就一直没再下，钻出乌云的月亮照着整条街道，我感到自己的脑袋在这片月光下成为了一块肥沃的土壤，梦是这土壤里唯一种植的作物。我仰起头，想看看自己的梦，第一眼就看到了一个正在慢慢升起的、巨大的黑色摩天轮。收藏家在我对面兴奋地直搓手，食梦者却在我身后发出了奇怪的声音。巨大的摩天轮升入空中，挤开黑色夜晚的黑暗，独立在视觉可见的空间里。周围的黑暗扑上去，想将摩天轮淹没在自身的不可见之中，却被弹开，它们完全无法侵入摩天轮。摩天轮在黑夜里宣告了自己的排它和不可入性，它以一个否定别它的态度肯定了自己的存在，没有什么可以渗透进它的领域，毕竟它只是梦境里的一个孤高的角色。我的梦在我的头顶上方生长，收藏家示意食梦者赶紧收割，食梦者却心事重重地对收藏家说，梦境还在生长，还没有结束，太古怪了，从未见过这种可以自己继续生长的梦，太古怪了。

　　那怎么办，收藏家问他。食梦者考虑了一下，说他要进入这个梦，去看看这个梦继续生长的原因是什么，是否可以人为干预让生长停止，否则他无法收割。说完，他也不打招呼，像猫钻进圆水管一样就钻进了我的梦境之中，等我转头去看屋顶上那几十只猫的时候，屋顶上已经一只都不剩了。收藏家过来拍了拍我的肩膀，跟我说我干的真不错，裁缝和书店店主都没有我这么快进入状态，还耽搁了好长的工夫。我不知道该如何搭他的话，我对语言已经完全失去了信任。该说什么呢？说什么都是把虚构的语音符号抛来抛去。善于组织语言、说话娓娓动听的人一定是对自己言谈的内容毫无热情的人，否则又怎能用这些虚伪的语言编织出一个又一个谎言催眠压根不知情的普罗大众。这是需要足够的理性技巧和置身事外的角度才能完成的活计，一个满腔热情的人可完全做不到这种程度。他一定是语无伦次的，一定是觉得言语完全不能表达情感的，一定是表情和动作大于词汇的。他的内心充满了各种颜色和形状的意象，情绪复杂到不能用人类社会任何一个词语进行描摹，他想找到一种合适的方式来喷吐这种无法压抑的悸动，可语言帮不了他。他发现自己在挥动着拳头，眼角充血，两颊潮红，口中只是反复地喊着同一个简单的词语，要么是"爱"，要么是"自由"，要么是"革命"。可他知道他的情绪绝不仅仅只是"爱"、"自由"、"革命"诸如此类的单词可以囊括的，他想描述的是一个芜杂的宇宙，可语言只是尘埃，是骗局，是叛徒。

　　我不知道食梦者在我的梦里怎么样了，我也不知道他的那几十只猫去了哪里，我只是突然觉得我即将失去一个对我意义深远的灵魂重器，我是突然这么觉得的，事先没有征兆。摩天轮已经完全出现在夜幕之中了，梦境也许是一场不收门票的露天电影。我在黑夜的影幕上看到了梦里的那片白，光影交替，明暗在移位。摩天轮的舱室里可能有我和妈妈，电影镜头的呈现很有塔可夫斯基在《乡愁》里的宿命意味，移动的轨迹却与电影《镜子》里那段如出一辙——旁观者的视线在屋内转了几个美妙的圆圈，然后转移到屋外凝视着在雨中烧起来的仓库和凝视着仓库燃烧的呆立不动的夫妇背影。我看到了爷爷和奶奶，梦境还在往空中延伸。我哭出来了，我没有想到能够在自己清醒的时候看到梦中的爷爷和奶奶，我没有做过这个梦，也许这就是食梦者所说的，是梦自己继续生长出来的部分吧。那梦是什么呢？空花么？它可以将根系深深地扎入精神与心灵的土壤，从中吸取足够的回忆与哀伤，凭此结出龙树上的大乘空花么？龙树若是一株龙树，提婆若是一位阿婆，那么语言也许真的就在历史和宗教的语境中戏谑地嘲讽了一次自身。我的那烂陀，若是一条龙而不是一尾金鱼，那么玄奘可能也在当年从西域折返，经长安直达我的住处顶礼朝圣。我在哭得最悲恸的时候想起了那烂陀，我将那烂陀纳入了我的悲伤，我不是为了我养的金鱼而哭泣，可我的悲伤在这次啼哭中有了金鱼的身影，那么下次我若看见那烂陀，也许也会随之而来一些在此处被种下的悲伤。

　　我哭得那么厉害，完全不顾及收藏家就在旁边。我想到了奶奶去世的时候，我握着她的手，她已经睁不开眼睛，也做不出任何动作，实际上她已经进入了临终前的昏迷，我喊不醒她，她根本听不见我在喊她。她的肉体只是专注于呼吸，呼吸，肺部就要彻底死去了，呼吸是她最后的道别。我毫无办法，唯有哭泣。空气并不缺乏，奶奶缺乏的是肺部的舒张。肺部死去了，奶奶不再呼吸了。我握着她的手，她的手还有温度。啊，我看到了收藏家，我在泪眼朦胧的黑夜里看到了他。如果我是一个收藏家，我会去收集人们临终前的呼吸。我会跟随着风里死亡的气味，走进每一个即将死去的人的房间，我不顾他家人的反对、唾骂、殴打，我收集他们将死前的吐纳。我用空瓶子保存它们，我用身体死死地护住它们，不让死者的家人把它们打碎。我收集了一瓶又一批，直至家里根本堆不下它们了，我再把它们带到奶奶的床前，把它们一股脑儿地打碎，把它们揉进奶奶的肺里，那么奶奶就可以一直、一直、长久地、永远地，呼吸下去，呼吸，让我握着她的手，她的手还有温度，让我看着她呼吸，不要离开，不要死去，不要，不要。

爷爷和奶奶在黑夜的银幕上站立着，镜头转到了他们的背后，我和他们一起凝视着。巷子里走来一个扛着棺材的年轻男人。那是我的父亲么？不，那是我父亲年轻的时候么？年轻时候的他可还不是我的父亲。他扛着棺材从巷子里走过去了，不一会儿，又从巷子的另一头出现了。梦境还不结束也许是因为他无限重复地出场、消失、再出场、再消失。梦的胶片在这里卡壳了，梦的时间得以无限延长。食梦者在哪里呢？他会采取如何的手段来终结这个无限循环的梦境呢？收藏家和我一样紧张地盯着梦境的发展。突然，梦里的爷爷和奶奶齐齐地调转头来，他们惊骇得望着身后的方向，镜头随着他们的目光移转，我看见梦境中我们一家三代人都曾经居住过的老楼起火了。它正在燃烧，火势很大，肆无忌惮，它是低矮的二层楼，却烧出了直冲天际的火苗。愤怒，老楼燃烧着怒火。离别，它用一场大火来与它的旧房客告别。总是要散的，衰老和死去无可阻挡，老楼的眼泪是火中的烟。爷爷和奶奶呆呆地站在原地，凝视着这一场突如其来的火灾。忽然，他们两人的中间冲过去一个人，是扛着棺材的我的父亲。他冲到老楼近前，打开棺材，从棺材里涌出了水源，大水扑向大火，火焰在水流上燃烧，年轻的父亲把棺材整个扔进了老楼的怒火之中，他被烟熏得睁不开眼睛，他被火苗灼烤得浑身发烫，他走了太多的路，他疲倦了。年轻的父亲一屁股跌坐在水与火的竞技场外围，像一个悄悄睡着的孩子。

爷爷和奶奶跑过去把他搂在怀里，他们喊她，拍他，抚摸他，我也想去喊他，拍他，抚摸他，可梦境居然就在此时戛然而止了。画面扑闪了一下，被收进了一个密封的玻璃瓶。食梦者不知何时已经从梦里出来，他灰头土脸，满身的烟火气，站在像一切都没有发生过的屋顶上，而他的身后，跟着几十只浑身都被烧焦的猫儿们。

我的梦在那个瓶子里，似一部黑白默片，与裁缝和书店店主的都不同，没有色彩的雷云，没有剧情的闪电，它只是安静地蜷缩在窄小的空间中，泛着黑白二色的明暗。食梦者把玻璃瓶交到收藏家手中，说他的任务已经完成了，他要去清洗一下身体和衣物，也要去检查一下他的猫儿们有没有受伤。我问他，是如何截断这个梦的。他回答我说，梦可没办法截断，梦总是完整的，他能做的只是寻找到一个诱因促使梦尽快完结。正如我们观看差强人意的剧集，也会在制片方和投资人展开的抽样调查问卷里对剧集大发牢骚，使得剧集可以及时停止。都是一个道理，他说。我问他做了什么，他满不在乎地告诉我，没做什么，就是点了一把火。

原来他只是点了一把火。砖木结构的老楼没办法应对火花，它的自身材质决定了它的短板。平时我们没人敢在老楼上纵火，哪怕只是烧一张纸或者一卷磁带。火焰被我们带离了它的木质结构，我们把厨房安置在铺满地砖和瓷砖的独立厨房间，我们在它的荫庇下甚至对"火"这个词都噤若寒蝉，我们保护着老楼，因为老楼也保护着我们，我们将对它而言的致命物从本体到中介清一色地封杀，老楼本应是泡在水中对空气过敏的历史遗迹。食梦者的火虽然并没有灼烧老楼的本体，而只是在我的梦中完成，可依然对我造成了极大的心理阴霾。我不能允许自己的梦里出现这样的场景，而且还是被别人催生出来的情节。我在经年累月与老楼共生的状态中已见不得它被破坏，无论是现实还是梦境。梦造了一个我，我固执且沉默。说不清究竟是梦脱离了我还是我脱离了梦，食梦者以梦为食还是梦以他为食，收藏家收集藏品还是藏品收集了他，裁缝把黑暗缝入裤缝还是黑暗把裁缝缝进袖口。无穷小无限逼近0，无穷小只是0幽深的食道。0进食一切经过"无穷小化"后的数字与物质，它如一条无物不吞的抽象巨蟒。我后悔了，我不该出卖我的梦，妈妈A或者妈妈B也许早已被0的胃液消化，成为了0的一部分，空无的一部分，没有实质，却在思维中存在。我做这些事可能只是一出荒诞的闹剧，我怎么会相信这些荒诞而古怪的人。谁还能把被0吞噬的人重新拉出虚无的洞穴，谁也不能，否则书店店主和裁缝早就进入空无的世界，贩卖用虚无写就的文学，剪裁用空无为料的衣物。收藏家的藏品里没有"空无"，食梦者能进入梦，却无法进入空无。我猛然意识到我就是那个被他们集体默认的试验品，我要代替他们去做他们一直想做却知道自己必然无法生还的事情，我不愿成为别人的道具，我不是讨好主人的宠物。

收藏家紧紧攥着手里的瓶子，语气比刚才多了太多的兴奋，以至于他的声音像苏打水里溢出来的浮沫。他用这种不断破裂的泡泡般的声音对我说："好了，我们的交易已经生效了，请随我再到地下室去，我亲自把我的藏品交给你。"说完，他和食梦者互道了晚安，食梦者坐上猫橇，如一片被风吹起的树叶，又跃上毗卢寺里万佛塔的飞檐，随即就消失在没有月光的屋瓦之上。

收藏家带着我重返地下室。我们站在藏品库的隔断里，他挑出标有"θ"符号的纸盒，递到我手里，说："来，请拿好。希望它可以帮助你进入无穷小的隧道。"

　　我低头看着手里的纸盒，突然抬头直视收藏家的双眼，他的眼睛里残余着获得新藏品的激动和刚刚生起的疑惑。我坚决地对他说，我不想交换了，请把我的梦还给我。我的话激怒了收藏家，他提高了自己的声音，对我的出尔反尔表示愤慨。这是我们说好的事！谁也没有勉强你！说好的事情不能反悔！他怒气冲冲地对我说。交易已经结束了！你得到了你想得到的，我没有必要也不可能再逆反这次交易了！他气得喋喋不休。

　　不，这不应该是交易，我有些疲倦地反驳他。我想要的并不是什么"纯粹而极致的黑暗"，不，一点也不想。这只是你们，书店主，你和裁缝，一步步引导我灌输我让我觉得那是我想要的、需要的东西。谁会需要那什么狗屁的"纯粹而极致的黑暗"，你需要么？其实你也并不需要你的藏品，这满仓库的收藏物，哪一件是你真正需要的呢？我看一样也没有，它们只是你囤积、排列、收纳、归档癖好的具现化对象，它们只是被你强迫症一样的欲望人为地归集在一起，它们之间本来毫无关系。你能说出灰色城墙砖和土色城墙砖的关系么？你能说出头陀岭上的山云和别的山上的云雾之间的联系么？你不能，因为它们本来就没有关系。你觉得两块城墙砖都是砖头，所以它们就该是一类的。这种想法是荒谬的、独断的。你秉承了几千年来人们乐于分类和囤积的陋习，而这种陋习是自大而狂妄的。你凭什么把两个独立的个体一定要按照你的认知和逻辑进行归类呢？因为我们长得相仿，寿命相近，习性相似，所以我们就只能被"人类"这个词收纳了么？谁给了人类权利和自信对所有生命进行物种归纳？大规模的归纳和分类只会造成群体的不适应性和僵化的种族认知。因为我是一个人类，所以我不能爱上驼鹿，我不能四肢行走，我必须与人类群居，吃人类的食物，我只能与人类通婚，我不能拒绝人类的文明，因为我被告知我是一个人类。多么荒唐的人类！几千年文明史只会让人类越陷越深，被分类的事物已经进入了量子宇宙。我替你感到悲哀，收藏家，你这一生什么都没有做，只是毫无思考地放纵着自己的无知和欲望。我以一个有别于你的生物角度批判你，我和你根本就不是一个物种。我所谈论的自律与优雅是尽量地割舍自己的欲望，降低自己的需求，克服自己的竞争心理，使得另外的生物可以觉得不被侵犯。可你谈论的自律和优雅却是纵容自己的欲望在后院起火，抢夺、利诱别人的所有物，彰显自己的战利品，虚荣地接受别人艳羡的目光。我们不是一类生物，现在，请你归还我的梦，我不需要你的黑暗，梦也不应当被你这样的人收藏，你甚至都无法分辨梦与梦之间的区别，它们是一样的么？以"梦"的名义进行归类，损耗的何止是灵魂深处的忧伤与精神直击的还原。梦境不是你的玩物，收藏家，我希望你可以绅士一些，归还本属于我的东西。我无意和你纠缠，请你也不要挑战我的耐性。

收藏家气得浑身发抖，他紧紧地抱着玻璃瓶，大声地让我滚出去，滚出他的地下室，滚出他的公馆，滚到无人的街道上去。没有人会再帮助你，裁缝和书店店主也不会，他这样威胁我。他们是串通好的，我确认了这个事实，他们都是一丘之貉。

我在他的谩骂声中已没有了任何顾虑，他和裁缝以及书店店主一样，都是自以为有别于乌合之众的人群中的异类。我厌恶大众，可我一样厌恶异类。我不站在任何阵营为任何虚伪的旗帜呐喊，我反对任何阵营，无论是大部队还是小团体，我只是我自己的佣兵。收藏家不知道我会做出什么举动，他低估了我的行动力，他像看不起所有普通人那样看不起我，他叫嚣是因为他觉得我根本无力反抗。可是他错了，我如一个不参与任何组织的吟游僧般无所顾忌。我在他的注视下打开了装有"纯粹而极致的黑暗"的纸盒，收藏家脸上的愤怒神情立刻变为惊恐。黑暗在纸盒里犹豫了一会儿，还没等收藏家开始朝我扑过来，它就已经做了决定，从纸盒当中一跃而起。黑暗弥漫在地下室宽大的空间里，连吊顶的灯光都被熄灭。我和收藏家彼此看不见对方，我提前记住了他的位置，在黑暗中抢过了他手里的玻璃瓶，并伸腿将他绊倒在地。我凭着记忆朝入口处的方向奔跑，过程中我故意打翻了收藏家很多储存藏品的容器。我也不知道会有什么被释放出来，我只是一边逃跑一边搞破坏。收藏家的声音一开始在我身后很响地起伏着，然后就渐渐消散了。我跑到了出口，顺着斜坡跑上去，白头发的老管家问我收藏家在哪里，我根本懒得搭理他。我一直在跑，跑出公馆的院子，跑在街道上，跑进巷子，跑过路灯和梧桐树。奔跑是运动的象征，位移是永恒的变化。我不知道我跑到哪里了，我的眼前有了一幢建筑物，我觉得它是障碍，想绕过它，可它洞开着大门，似乎在邀请我进去一窥究竟。我跑得如火如荼，我失去理智一样地跑着，我跑进了建筑的大门，进门的那一瞬间我才突然意识到，这就是当年达赖喇嘛住过的那幢六角小楼。

第七章

　　如果有人要问我，六边形对我来说意味着什么，我一定会回答提问的人，六边形对我来说，就是苯环。六个碳原子等距联结的苯环异常稳定，每个碳原子又和一个氢原子相连，所以苯的分子式是 C_6H_6。然而仅从分子式是无法得出"苯环的结构是六边形"这个结论的，结论一定是来源于观察。我还记得在中学里学习枯燥的化学分子式和方程式时的瞠目结舌，尽管经验丰富的老教师翻来覆去地向学生们解释原子价键的理念，不同原子之间如何抢夺彼此的电荷，发生化学反应的物质之间如何达到终极的平衡，可学生们依然是一头雾水。谁也不能透彻理解从未亲眼见过的事物，化学课的教学现场应该设在实验室里而不应当是无辜而整洁的教室。教室总是承受着一个干净房间不应该承受的政治和教育的功利企图。青少年坐在教室里等着被满脑子浆糊的教师灌输更次一级的浆糊，教师们含辛茹苦，教师们被自己的伟大举动感动到了。他们一边宣称自己是教书育人的春蚕，蜡炬，一边和名目繁多的培训班勾结赚取学生们的佣金，一边还有空余掏出手帕擦擦自己被自己感动而流下的泪水。太不容易了，他们实在是太不容易了！然而学生们在冠冕堂皇的教室里能学到什么呢？拼音？加减法？重力加速度？盐的主要成分是氯化钠？五声音阶？作为一个需要工作的普通人所能运用到的知识，在九年义务教育课程里已经基本学完了，教育机构在似模似样的教室里培育的不是每一个个性化的人，而只是在为政权和资本挑选趁手的工具。没有哪个教师会告诉学生为什么需要学习，尽管学生们学习的数学、物理、化学、英语也许在他们将来的日子里再也不会被提及。大部分的人都不会进入到研究领域，专门从事哲学、历史、逻辑学、纯粹数学等学科的研究工作。那么我们为什么要学习数学、物理、化学、生物等以后大部分人可能都不会在工作和生活中运用到的知识呢？对于政府来说，它只是无感情地选拔适合被它使用的角色。而对于每一个具有主观意识的学生们来说，学习究竟意味着什么却无人解答。会有人真的相信学校宣扬的那种理论，说学习可以令学生们变得聪明么？这是赤裸裸的谎言，天大的谎言。人可以变得博学、包容、激进、功利，但聪明却是绝对教不会的东西，正如艺术创作也是无法传授的，可以传授的唯有艺术史。教育机构和教师们不会认为他们在做的事情只是政权竞争筛选精神的附庸行为，然而实际上学校在漫长的历史进程中一直扮演的都是锦上添花的势利组织。学生们从小就被学校教坏了，他们私下里谈论的都是谁谁成绩好是好学生谁谁成绩不好是差劲的坏学生，如果一个人在青少年时期就被灌输了这种势利的社会达尔文主义思想，那么我们就很有必要重新考虑我们究竟在培养什么样的后代。学校用满纸浆糊的试卷考察学生们的服从性、驯化程度、思维的僵化度，学校从不告诉学生们推翻所谓的标准答案才是真正的思考。一个世纪以来的教育都是在做无用功，怎么能够指望各怀鬼胎的教师们可以达到使学生们如沐春风的境地。学习本应该是一个在自我的范畴里逐渐圆满人格、丰富眼界和视角的自给自足的行为，却在尸位素餐的教育部门的引导下成为了追逐功名的虚荣阶梯。现在已经没有人告诉年少无知的学生们，通过学习数学、物理、化学、艺术等将来大多数人根本不会用得到的学科知识并加以思考是作为思维人用来认知世界的一种算得上不错的方式，而不是获得什么狗屁高分、升学、吓唬人的名校、体面的工作、幻想中的伴侣的功利渠道。如果人们需要排序，总有第一位和最末一位，那么教育只是为了把排名前列的人送入衣冠楚楚的上层建筑，而将排在倒数的人淘汰进下流肮脏的市井么？实在是荒谬绝伦。教育体系之所以不再具备启蒙和个性化的本质，完全是因为其体系早已被刁滑的资本所污染，渗透，师长不再观察学生们各异的特质，而只是怀揣着为资本大潮提供人形兵器的目的。他们自己已经先一步成为了铜臭系统的傀儡。从而可以问心无愧地培养着一代接一代的同类。我唾弃这样的教育，正如我唾弃所有被标签化的虚荣品牌。最高学府已然成为最强欲望的摇篮，有幸通过浆糊考试选拔的浆糊脑袋们被假大空的院校拥入怀中，它们把自己膨胀的乳头塞进浆糊脑袋们的嘴里，它们哺育着营养过剩的巨婴。浆糊巨婴们含着奶嘴得意地笑，他们手舞足蹈，攀龙附凤，混进一个又一个圈层，他们享受着彼此对优越感的认同，他们抱在一起天下无敌。我们的最高学府培养的就是这样的精英，他们是天生的演员，他们举手投足之间尽是演技。斯坦尼斯拉夫斯基著作的《演员的自我修养》是他们膜拜的圣经，他们对所有电影节的最佳男女演员嗤之以鼻。他们有着骄傲的资本，因为他们的表演根本就没有 *NG* 重来的机会。我觉得有必要采取一个合适的方式逐个问问他们，他们可曾仔细体会过一个苯环的魅力，如同艳羡地谈论一辆十二缸引擎的宾利轿跑或者回味某个上流阶层酒会中一名尤物纤细的脚踝。如果他们曾经体会过苯环在想象力中的静谧和它释放出的带有毒性的安息香在眉间与前额的交汇处洋溢出荷马与元稹的诗意，他们还会是他们所是的那个角色么？我在为他们焦虑，却忽视了自己进入了这扇门这扇门在夜晚居然自行打开，我在幽暗无光的六角小楼里停住脚步，我想到了苯环，我想到了那些忽略苯环的浆糊，迎面而来的是潮湿的水气，带有松针、鸡爪槭、露珠和泥土的味道。

　　我在目不能视物的黑暗中顿时失去了来意，然而这只是个错觉。

我本就没有来意，我只是在慌乱地逃跑中误打误撞地进入了这里，大门敞开的容身之所必将吸引所有逃亡中的浪客。我往身后看，指望能看见门外的微光，然而没有门，我身后什么都没有，只有与身前如出一辙的黑暗。湿气越来越重，水分里携带的气味也越来越熟悉。我在达赖的公馆里听见布谷鸟的声音，还有管弦乐队的演奏。长笛吹响塞尔达的荒野之息，黑管吐出宗次郎故乡的原风景。小号缓慢地挪移着气息，长号活塞式挤压出蓝色的多瑙河，大提琴低沉地咏唱悲怆，中提琴在中音区躲躲藏藏，小提琴飘入高空，跳跃，提拉，按压，琴弓在 G 弦上吟诵咏叹调。钢琴在中段切入，敲击李斯特的钟，在德彪西的月光下，魔笛成为了统治者。瓦格纳打造尼伯龙根的指环，贝多芬抚摸命运，莫扎特焦虑失眠清唱小夜曲，肖邦在黑白键上叫嚣革命，巴赫是赋格的书记员，勃拉姆斯跳起了匈牙利舞曲。格伦·古尔德用左右手扮演了两个巴赫，拉赫玛尼诺夫暗中向帕格尼尼祈祷。一切就绪，魔笛的政权即将被推翻。卡拉扬在凯旋的圆舞曲里怀念恰空，普契尼用图兰朵交换了和平。尼伯龙根的指环完成了使命，它要被特里斯坦与伊索尔德装进绿袖子，带去交给德沃夏克在新大陆上封存。神秘园里有女高音的 *Nocture*，夜莺在猫的引路下叼出了封禁的指环，送给费加罗当做求婚的戒指。今夜无人入睡，公主彻夜未眠，贝多芬寄出了致爱丽丝的信，神经质的莫扎特要去土耳其创作进行曲。维瓦尔第宣告春天来临了，门德尔松做了一个仲夏夜之梦。

　　管弦乐队在杂乱的、各自为战的演奏里协作，这是比整齐划一的统筹更加高明的章法。布谷鸟是指挥，它用敲击树干的节奏引领全局，它抓住所有互不干涉的曲调里在刹那时空中的共鸣，于是不管是巴赫还是贝多芬，莫扎特还是肖邦，都是在各自喋喋不休的抒情里被布谷鸟束紧腰绳的人。布谷鸟敲，绳子被收紧，哥德堡、田园、摇篮、幻想，都在同一时刻达到和谐、完满、互洽的圆点。

　　空气里的水分超出了界限，我仿佛在水底潜伏，身体感受到海豚分开水幕时波纹的推压。既然云中可以开出无根空花，那么空气里自然也可以有水生物种，这是再正常不过的道理。杰克和恩佐最终都回归了海洋，他们变成了海豚么，还是会发光的水母，这不重要，重要的是他们在幽暗宁静的深海里投奔了归宿感。他们打破了人们对于归纳分类的终极信仰，他们根本无视肤浅的物种理论，杰克深信自己属于海洋，与海豚同类，恩佐把自己的死亡留在了海底。所以空气里是有海豚的，海豚只是一个蓝色的幽静象征，如果我可以将自己的肺叶和鱼鳃颠倒，那么天空对我来说将会是更加幽深的海洋。杰克和恩佐回归了深海，我回归了深空，云朵与雷电是我的伙伴，长风是我的洋流。我在黑暗的水气里吸食水气，像呼吸瀑布的鲤鱼。自从我打开了收藏家的纸盒，纯粹的绝对黑暗仿佛成了我的跗骨之蛆，无论我走到哪里，都与黑暗脱不开干系。视觉退化了，四肢不再有太大的作用。后背长出双翼，听觉进化出声呐，我也许会成为倒挂在黑暗中用尾巴思考的巨型蝙蝠德古拉。德古拉是艺术家，他在千年的黑暗里形成了自己的美学体系。他反基督反歌颂，他厌恶伟大的拯救和牺牲，因为他深知这其后掩藏着蛊惑人心的邪恶。他厌恶太阳，自以为是的紫外线和高高在上的普照令他抓狂。德古拉不能容忍这种强制性的施舍，愚昧的民众对太阳的赞美和崇拜更使他气愤。他要用暗夜与鲜血谱写失乐园，他欣赏他自己的牙齿咀嚼出的玫瑰。十字架与圣水是他审美洁癖里的污点，复活的耶稣在他眼中宛如油滑的政客。德古拉不相信救赎、忏悔、道德，他自私、直接、反道学。德古拉是一个千年的思考者和抵抗文明的佛陀，因为所谓的文明中尽是虚伪和谎言。乔达摩·悉达多在沙罗双树下与德古拉长谈，德古拉教会他如何在圆寂后留下自己的精血舍利。张天师用五斗米换取德古拉脱落的臼齿，德古拉把鲜血揉进铅汞炼制的丹丸中让张天师服下，转身对张天师的追随者们又诉说了一个匈牙利永生者的故事。鲜花盛开在鲜血里，鲜血却用杯装。人类的文化里沉坠着太多关于鲜血的言词，德古拉在文明的历史中一直在宣扬血液的哲学。佛陀是个吸血鬼，寂灭轮回只是他长眠的烟幕，他在沙罗双树下被德古拉咬住劲动脉，鲜血的贲张使他顿悟了金光明、菩提揭谛、正法眼藏、般若波罗蜜多。蝙蝠的智慧化作一切皆空，万物唯识，文明皆为虚构，德古拉的血液在暗处沸腾。

　　黑暗无始无终，在这无限延展的没有质量和形状的黑色躯壳里乞求光亮似乎成为了一件贪婪而奢侈的事情。意识受到影响，多姿的想象力逐渐枯萎。倘若没有视觉，我便会失去对大小、颜色、形状、图案的感性认知，我会生存在用手观看物体的情境中。当我的手在触摸可以摸到的物体时，心里会默念着物体的特质，比如某某物是光滑的，某某物相当粗糙，某某物坚硬冰冷，某某物柔软温和。我没有任何视觉上的显像，我对世界的理解仅仅是触觉、听觉、嗅觉的组合，我无法想象颜色与形状的视觉模样，假如没有了双手，物体的实在感更加难以把握。靠手部认知得到的中介印象，无法在视觉还原的状态下与眼见的实物对应。我无法凭借对球体的触感而在有生以来第一次获得视觉的时候认出球体的形状，颜色更加无从谈起。我能分辨的只是声音和气味，在没有现象的黑暗中，它们显得尤为清晰。倾听黑暗的声音，倾听光线的沉寂。光无法逃逸出来的黑暗里，声音依赖中立的模糊态度得以散播。黑暗的声音是暗哑的，是默片里的人在滔滔不绝，是嗅觉里的无味，是抚摸空白处的幻觉。在听不见的环境里，一定有什么事情正在发生，也许是激烈地在发生。黑暗真的无声么？可能只是耳朵迷失了。光谱的挣扎，视觉的包裹，所有可视物鲜活的外表，一定在和黑暗的交锋中产生剧烈的摩擦音和撞击声，只是耳朵睡着了。与黑暗对立的一场大雪也是无声的，大雪犹如被关掉音量键的白色庆典，人们还不至于愚蠢到不能发现寂静也是有它自己的声音的，古典吉他和阿卡贝拉就经常演绎 *Sound of Silence*。我在很久之前便发现声音的实体与听觉之间的关系是与影像和视觉的关系雷同的，我听见的并不是声音的实体，而只是它通过介质传递而来的残像，我甚至可以说我的耳朵捕捉到的只是音与音之间的空隙，实体早在它传递进入耳膜之前就消散了，我之所以觉得声音是连贯的，只是因为介质拉长了声波的结构，我听见的实际上是本应寂静的空隙时刻的余音。视觉的欺骗性很好地佐证了听觉的本质，它将一秒二十四帧的画面判断为连贯的影像，直接忽略了画面之间白驹过隙的夹缝，它自己构建了一个流畅的动态，然而本质上那只是虚构的产物。所以我们的感官还有什么是不能虚构出来的呢？我在水里、固体中、空气里听见的声音都是不同的，不同介质，不同的传播速度、传播损耗、传播效果造成了声音拥有不同版本的虚构。在不断变化的听觉体验下，我意识到也许我永远也无法知晓一个音的本体到底是什么样的。感官欺骗我，它们虚构、捏造，它们是外界迷惑我的帮凶。是不是失去所有感官的刺激才能不被欺骗，才能在没有外相的干扰下直抵究极真实？我在黑暗中尝试关闭自己的器官，眼睛只能看见黑暗，耳朵只能听见寂静，嘴巴只能发出沉默，肢体只能触碰虚空。戒断幻象，禁闭思考，抹杀直观，"我"在知觉和心灵的双重舍弃中是不是可以遁入非有非无的刹那，刹那相续，无物无我。

　　我并没有成功，黑暗的深处突然亮起了一灯如豆。一开始我以为是我的幻觉，然而灯光在黑暗的背景里是那么醒目。我朝着亮灯的地方走去，水气往我两边散开。我越走越快，灯光也越来越明亮，我依稀看到了一个道观的轮廓，道观没有飞檐，低调简约。我在行进中路过一团黑乎乎的物体，用手摸上去像是一个硕大的水缸，缸中有水，只是没有道士为我用无根之水截断来意。来意。来意如潮。我预感到道观里的灯旁一定有人在等我，此灯为我而明。我在黑暗中失去了来意，我忘记了那烂陀的死，忘记了妈妈的失踪，忘记了道士亲笔书写的卷轴，我甚至忘记了这里究竟是六角小楼还是头陀岭，这些都不重要，重要的是灯下有一个人在静静地等着我，从几年前一直到今天，从现实到梦境，从先知破碎的黄昏到云气弥漫的黑夜，这盏灯等待了足够长的时间，灯下的棋局也已经推演到了空前的地步。我走进道观，道观里空无一物，一个道士坐在灯旁的空地上，面前摆着一盘残局，他微笑着对我招手，邀请我过去坐在他的身边。

我在他的身侧坐下，看见那盏灯是悬空的。道士猜出我的心思，笑着对我说："云深处可以长出空花，黑暗中自行跃出灯火。事物中蕴含着自己的对立面和相关物，没有一个事物可以独善其身，因为它们皆为思想的构造物，我们在肯定它们的同时便否定了所有有别于它们的它物，肯定中同时包孕着否定，肯定本身就是否定。所以无根空花可以生长于云土，明灯可以潜藏于黑暗，对立物需对立才能存在，如若一方消散，那另一物也就不复存在，或者不再是其本身。"

我问道士："道观究竟存不存在？我现在是在头陀岭上还是在达赖的小楼里？"

道士回答我："头陀岭、道观、小楼，皆存在于你的意识之中，正如这世界也仅仅是存在于你的意识中一般无二。你究竟身在哪里，恐怕不是一个实质上的问题，而是一个语言学上的幻术。收藏家和食梦者已经告诉过你语言与精神之间的关系，以及二者对这个世界的固化认定。你的梦非你所有，你却属于你的梦境，这只是语言领域里的把戏。头陀岭与小楼只是语言符号，符号的所指并不先验地必须与某个固定的语词联结。佛教逻辑中多的是这样的思辩，指水为麻，认鹿为马，禅师高僧们特别热衷于以这样的方式来打破修行者语言化的认知障。临济甚至放弃了语言，直接以大喝一声的形式去启发比丘，而他自己又是被黄檗希运三棒打出来的妙悟。你若一直脱离不了语言的囚笼，那么必将在语言的迷宫中腐烂。因为眼见一切都不为实，所以眼见一切也就都为实。看见什么就以什么为真，因为无论是什么幻象，它们总归都是幻象，没有一个比另一个更真实、更优越的比较。你眼中所见是道观，那么你便在道观而不在小楼，你眼中所见是道士，那么我便是道士而不是活佛。"

我颓然地对他说："那烂陀死了，妈妈失踪了，你送我的那幅字也消失了。"

道士翻转着手中的棋子，悠悠回应："沙土随长风积淀，火焰逐流水燃烧。事物在生灭中短暂存在，伴随着的是永恒的矛盾和辩证。那烂陀千年前为池底虬龙，后腾云而起，遍历四海，路过头陀岭上空时被我与漫天山云吸入腹中。我将它吐出，它化身为鱼，与你有缘，又经我手转交于你，如今寂灭，一生一灭之间，也已过去了千年。事物总以不同的形态存在于我们的认知里，那烂陀被你埋入盆土，终有一日会化作泥土中的养分进入植物的根茎，从而再变成枝干与花叶的一部分。那幅字亦然。我当日以空气为纸，意念为墨，作书一幅赠你，你眼见的纸与字其实只是我的精神投影。时日长久，我的精神早已被你的意识接收，所以当年的纸卷肯定便不存在于视觉之中了。这两件事情与你母亲的失踪在同一天发生，不能说没有任何关联。万事万物是互相支撑起来的积木，抽掉其中一块，必然会影响与其搭边的其它木块。坍塌的波及范围是不一定的，不过涟漪肯定会向四周传递。书店店主与裁缝希望你可以进入0去寻找你的母亲，一方面是他们的私心作祟，另一方面也是他们对你妈妈凭空消失的症结推断。无论你的妈妈在不在0的躯体中，或者早已被0同化，成为了0空漠无形的一个历史证明，他们给你的建议和解释都是具有丰富建设性和创造性的超验思维。你在与他们的接触中吸食了他们，消化了他们，成为了他们，正如我在道观的顶上吸食山云而与山云再也不分彼此。此时此刻，没有人可以为你做决定，也没有人可以指引你做出任何选择。不如与本道士一同再上屋顶，重温这阔别已久的山云之美味。"

　　道士行动利落，说完就起身往观后的扶梯走去。灯火悬停在他身后，始终跟在他一尺范围之内。我们重又站上了道观的屋顶，道士的灯火忽然射出高耸入云的光柱，山云在灯光的浸润中神秘得如同氤氲的兜率。道士袍袖一拂，也不和我客气，只顾大口大口地吸食黑夜的云气。我看见云雾在灯光的照射下聚集成一个漩涡，源源不断地涌入道士的口中。他的食量太大了，整个头陀岭上的云气也只够他一餐的饱腹。道士似乎并不把它当做自己的口粮，而更倾向于将山云作为自己的私酿。他豪饮漫天的云酒，如古希腊的酒神狄俄尼索斯——这生命本绝对无意义，我们只能获得悲剧性的陶醉。释迦牟尼垂涎鲜血，道家三清流连美酒，宗教本就是口腹之欲的变体，而口腹之欲又近似于禁忌的性欲。在约鲁巴人的语言中，"吃"和"结婚"用一个动词表示，其一般意义是"赢得、获得"。在约克角半岛的可可亚奥人的语言中，库塔库塔（*kuta kuta*）既指乱伦又指同类相食。基于同样的理由，波纳佩人用同样的方式表示吃图腾和乱伦。在非洲的马绍纳人和马贝勒人中，"图腾"这个词也表示"姐妹的阴门"。我怀疑道士是个有着极端性癖好的人，宗教于他而言只是他为自己设置的一种禁忌，而他追求的却正是打破禁忌的快感。道家的清修与佛教的戒律都将"贪嗔痴"摈弃在修行之外，而道士对豪饮的贪婪与痴迷十足是一个异教徒的做派。他根本不在意别人怎么看他，我相信也不会有其他道观里的道士和他有任何往来，他在自己的山头上饮自己酿的云酒修自己纠正的道意，我不知道他究竟从人类历史中其他宗教的经卷里都读出了什么，我只觉得他无时无刻不在变化，他像一个生而矛盾的悖论，他既包容又狭隘，清高而又市井，睿智而又愚蠢，洒脱而又拘谨，豪放而又谨慎。道士是阴阳中的阴阳，阴中分阴阳，阳中亦分阴阳。

他吸食了大量的山云，渐渐变得愉悦起来，看得出来他已经有了酒兴。我在他身侧也吸入了一些，只觉得今晚的云气醇厚得比往日都要难以消化。道士拍拍我的肩膀，大声地对我说："就要来了！看看今晚，我们能从云里期待到些什么。"话音刚落，我就听见云海深处传来一种奇怪的声音。

道士成为了漩涡的中心，所有从云里落下来的物体都旋转着朝着道士的吸吮处聚集。我看见漫天的书本从朦胧的云雾里没来由地飞落下来，被道士一本不留地全部吞入腹中。

他抹了抹嘴唇，哈哈笑着说："痛快！吃书果然有吃书的道理。"

云气翻腾着，显然这一场不知道来自于何处的坠落只是刚刚开始。道士继续吸食着，仿佛要把头上的天空都整片整片地吸下来。果然，没过一会儿，云雾里又掉下来大量稀奇古怪的玩意儿。我看到了各种各样的门把手，乒乓球拍的柄，纸盒子，泛着雷云的玻璃瓶。我认出来这些都是收藏家的藏品，它们没头没脑地被卷进漩涡的中心，顺着云流的趋势进入道士的口中。道士真是一个饕餮之人，吞噬了这么多物体丝毫没有一点点不适，反而像是被打开了味蕾和胃袋。他不咀嚼，咀嚼不是他的修行，任何东西他都是囫囵吞入，我怀疑就算来一条龙，道士也是整条吸入腹中。可敬可畏的道士。

盛大的云中晚餐还只进行了一半，道士意犹未尽，他左手掐一个道诀，右手捏一字真言，左眼看铅汞龙虎，右眼视三千世界。左脚踩奇门遁甲，右脚踏浸礼的圣水。他上一句喊安拉保佑，下一句喊我主耶稣。云海在他面前分散开，我看见各种各样剪裁的衣物汇入了旋转的洪流。裁缝的缝纫机和皮尺也没能逃过道士的口腹之欲，他那把黑色的雨伞也不偏不倚地进入了道士的肚皮。道士在进食了这些东西之后整个人变得通透、圣洁、诗性、自在。他脚踩过的地方喷吐出独角兽的诗歌之泉，他目力所及的黑夜里诞生了星星点点的光明痕迹。道士似一个陆地上的仙人，他在今晚才真正开始了他茫茫无期的人生中头一次进食。又有东西落下来了，体积很巨大，我在模糊的云流中看到了伸出来的飞檐，是毗卢寺里的万佛塔。道士照吞不误，飞檐带起的涡流很剧烈，掉落的瓦砾碎片里好像有猫咪的影子，好像还有一个酷似猫咪的男人。道士一股脑儿地把它们全部吞入腹中，连一个饱嗝儿都没打，他看上去很饥饿，似乎是要填补自己数万个纪元来从未被满足的脏腑。越来越多的物体从云海里坠落，仅我看到的就有书店、裁缝铺子、民国公馆、防空洞、路灯、老楼、街巷、月亮、太阳、中子星、猎户座、黑洞、反物质团。道士尽情地吞噬着除了头陀岭之外的一切，仿佛所有的一切都不重要，都可以被吞吃、消化、排泄，它们只是道士诗性烂漫的种子。道士在自己的胃袋里种植它们，收获于自己的脚后跟。一切的一切都将葬送在道士的饕餮之中，我突然觉得自己也会在今晚成为道士的食物。

道士在无节制的暴食中脱去了衣物，他的身体看上去一尘不染。我还在惊诧于他脱衣服的行为，道士已经跃入空中，他的身后生出双翼，皮肤开始皲裂，他把头垂下来看着我，对我笑着说别忘了道观外的水缸，那水缸需要好好清洗一下了。然后他就在我的眼前挣脱了人形的躯体，道士变得巨大、黝黑、狂妄。他成为了一头喷火的黑龙。道士展开双翼，我的眼前顿时失去了云海，他振翅飞了上去，灯火一直跟在他的身后，强烈的飓风扫过头陀岭，唯独道观安然无事。我目送着道士飞入空中，继续吸食着不断坠落的食物，黑龙永不停歇，它必将飞到只有主宰和佛陀的空间里，吞食先知与罗汉，与安拉缠斗，成为耶和华与梵天的噩梦。道士飞上去了，宗教的疑云逐渐消散，夜晚的头陀岭上，没有了星空与月轮，连黑暗都被道士吞下，我的眼前，是一片迷梦的胶着。

我从道观的屋顶上下去，跑到外面的水缸旁边，水缸还在那里，完好无损，水缸里的水还剩下一大半，缸壁上有厚厚的青苔。我还记得道士升天之前跟我说的，要我好好清洗一下水缸。我翻上水缸的边沿，跳了进去，水没过我的口鼻。我把自己按下去，我在水面之下睁开眼睛，我还有一个梦境。我掏出那个梦境，在水面下打开了玻璃瓶的塞子。梦从瓶子里溢出来，溶入水中。我要进入我的梦，因为梦做了一个我。梦境里有妈妈，年轻的爸爸，爷爷，奶奶。他们都在，还缺少一个我。我在水面下的视线逐渐模糊，我不知道是因为缺氧还是梦境开始起作用。我恍惚看到了那熟悉的街巷、老楼、旧宅、棺材。我扑进爷爷和奶奶的怀抱，他们现在可以看见我了。一朵牵牛花从脚边的土壤里钻出来，瞬间膨胀成一个巨大的摩天轮。我们被带到了摩天轮上，我看到了妈妈，妈妈坐在舱室里正静静地看着我。

我听见了声音，是水缸被司马光砸碎的声音。